어린 왕자
Le Petit Prince

생텍쥐페리 지음
이정서 옮김

어린왕자

초판 1쇄 발행 | 2022년 10월 10일
초판 2쇄 발행 | 2023년 9월 20일

지은이 앙투안 드 생텍쥐페리
옮긴이 이정서
발행인 한명선

주소 서울시 종로구 평창길 329(우편번호 03003)
문의전화 02-394-1037(편집) 02-394-1047(마케팅)
팩스 02-394-1029
전자우편 saeum2go@hanmail.net
블로그 blog.naver.com/saeumpub
페이스북 facebook.com/saeumbooks
인스타그램 instagram.com/saeumbooks

발행처 (주)새움출판사
출판등록 1998년 8월 28일(제10-1633호)

ISBN 979-11-92684-04-8 03860

이 책은 저작권법에 따라 보호받는 저작물이므로 무단전재와 무단복제를 금지하며,
이 책 내용의 전부 또는 일부를 이용하려면 반드시 저작권자와 새움출판사의
서면동의를 받아야 합니다.

- 잘못된 책은 바꾸어 드립니다.
- 책값은 뒤표지에 있습니다.

어린 왕자
★
9

생텍쥐페리는 누구인가?
★
159

역자의 말
다시 찾은 '어린 왕자'
★
169

오른쪽에 〈어린 왕자〉의 서문은 사실 존대어로 쓰인 것입니다. 생텍쥐페리는 첫 문장을 Je demande pardon,으로 시작하고 있고, 프랑스인들에게 'demande pardon'만 두고 보면 공손한 사과의 표현이기 때문입니다. 그냥 보통 아래 사람이나 친구 사이라면 'Je tu demande pardon'이라 합니다. 따라서 이 헌사의 뉘앙스는 어른이 아이들에게 하는 말이지만 존대를 하고 있는 것입니다. 그러나 우리 번역서 어디에도 이것을 존대로 한 것은 없습니다. 이것만큼이나 이 작품에서 어린왕자를 비롯한 모든 생물체들의 어투는 중요합니다. 작가는 그것을 구분해 쓰고 있지만 우리 번역은 의례적으로 의역하고 있는 경우가 많습니다.

인사말 또한 그렇습니다. 작품 속 인사말은 시간 배경을 알려 줄 목적으로 사용한 용어들입니다. 그것을 단순히 '안녕'이라고 하면 대화를 나누고 있는 그 시간이 밤인지 낮인지 아침인지 오후인지를 알 수 없게 되어 궁극적으로 작품을 오해하게 됩니다.

Bonjour를 '좋은 아침' '좋은 하루'로, Bonnit를 '좋은 밤'이라고 구분해 쓴 것은 그런 이유에서입니다.

레옹 베르트에게

이 책을 어른에게 헌정한 것에 대해 어린이들의 용서를 구합니다. 내게는 그럴 만한 이유가 있는데, 이 어른은 세상에서 내가 가진 최고의 친구입니다. 다른 이유도 있습니다. 이 어른은 모든 것을, 아이들을 위한 책조차 이해할 수 있습니다. 세 번째 이유도 있습니다. 이 어른은 굶주림과 추위에 떨고 있는 프랑스에 살고 있기 때문입니다. 그에게는 실질적인 위로가 필요합니다. 만약 이런 모든 이유로도 충분치 않다면, 이 어른의 한때였던 아이에게 이 책을 헌정하고 싶습니다. 모든 어른들이 처음에는 아이였습니다. (하지만 그들 가운데 그것을 기억하는 이는 거의 없습니다.) 따라서 나의 헌사를 고칩니다.

그가 작은 소년이었을 때의
레옹 베르트에게

1

 내가 여섯 살이었을 때, 한번은, 〈체험담〉으로 불리는 원시림에 관한 책에서 굉장한 이미지 하나를 보았다. 그것은 맹수를 삼키고 있는 보아뱀 한 마리를 보여 주고 있었다. 여기 그 그림의 모사본이 있다.

그 책은 '보아뱀은 먹이를 씹지도 않고 통째로 삼킨다. 그러고 나서 그들은 더 이상 움직일 수 없어서 소화를 위해 6개월 동안 잠을 잔다.'고 알려 주고 있었다.

나는 그때 정글의 모험에 대해 많이 생각했고, 이번에는 연필로, 내 첫 번째 그림을 그리는 데 성공했다. 나의 그림 1번. 그것은 이와 같았다.

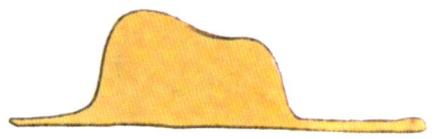

나는 내 걸작을 어른들에게 내보이며 내 그림이 혹시 그들을 두렵게 하는지를 물었다.

그들은 내게 대답했다. "모자가 어째서 두려움을 줄 거라는 거지?"

내 그림은 모자를 표현한 게 아니었다. 그것은 코끼리를 소화시키는 보아뱀을 표현한 것이었다. 나는 그래서 어른들이 이해할 수 있도록, 보아뱀의 안쪽을 그렸다. 그들에겐 항상 설명이 필요하다. 내 그림 2번은 이와 같았다.

어른들은 내가 보아뱀의 안쪽을 그린 것이든 바깥쪽을 그린 것이든, 그에 관해서는 제쳐 두고 대신 지리, 역사, 수학, 그리고 문법에 관심을 가지라고 권했다. 그것이 내가 여섯 살 나이에 화가라는 굉장한 직업을 포기하게 된 이유였다. 나는 내 그림 1번과 2번의 실패로 낙심하게 되었던 것이다. 어른들은 결코 혼자서는 어떤 것도 이해하지 못하고, 아이들은 언제나 그들에게 따로 설명하느라 애쓰고 있는 것이다.

　나는 따라서 다른 직업을 선택해야만 했고 비행기 조종하는 법을 배웠다. 나는 세상 곳곳을 비행했다. 그리고 지리는 정말이지, 많은 도움을 주었다. 나는 중국과 애리조나를 한눈에 구별할 수 있었다. 만약 누구라도 밤에 길을 잃는다면, 그것은 매우 유용한 것이다.

　인생을 살면서, 나는 많은 진지한 사람들과 숱한 교류를 가졌다. 어른들 속에서 많은 체험을 했던 것이다. 나는 그들을 매우 가까이서 지켜봤다. 그것이 내 견해를 크게 변화시킨 것은 아니었다.

　나는 조금 명석해 보이는 이를 만날 때마다 내가 항상 지니고 있던, 내 그림 1번을 보여 주는 실험을 했다. 나는 그 사람이 정말 이해하는지 알고 싶었던 것이다. 그러나 언제나 그 사람은 "그거 모자네." 하고 대답했다. 그러면 나는 그 사람과 보아뱀이나, 원시림, 또는 별에 관해 이야기하지 않았다. 나는 내 자신을 그 사람에 맞추었던 것이다. 나는 그 사람에게 카드게임, 골프, 정치, 그리고 넥타이에 관해 이야기했다. 그러면 그 어른은 매우 지각 있는 사람을 알게 된 것에 대해 아주 만족해 했다.

2

 그렇게 나는 실상 이야기를 나눌 상대도 없이, 사하라사막에서 비행기 사고가 났던 6년 전까지 혼자 살았었다. 엔진의 어딘가가 고장났었다. 그리고 내게는 정비공이나 승객도 없어서, 단지 혼자, 그 어려운 수리를 해낼 각오를 다져야만 했다. 그건 내게 죽느냐 사느냐의 문제였다. 내게는 간신히 일주일치 마실 물이 있었을 뿐이었다.

 첫날 밤 나는 여느 주거지로부터 수천 마일 떨어진 모래 위에서 잠이 들었다. 나는 대양 한복판에 떠 있는 뗏목 위의 난파선 선원보다 더 고립되어 있었던 것이다. 그러니 여러분은 동틀 무렵, 이상한 작은 목소리가 나를 깨웠을 때의 내 놀라움을 상상할 수 있을 것이다. 그는 말했다.

 "부탁인데요… 내게 양 한 마리만 그려 주세요!"

 "응!"

"내게 양 한 마리만 그려 주세요······."

마치 나는 벼락이라도 맞은 듯이 벌떡 일어났다. 나는 눈을 문지르고 주의 깊게 바라보았다. 그리고 엄숙하게 나를 살펴보고 있는 매우 기이한 복장의 꼬마 한 명을 보았다. 이것이 훗날, 내가 그를 성공적으로 그린 것 중에서 가장 나은 초상화이다. 하지만 내 그림은, 물론, 실제 모델보다 덜 매혹적이다. 그건 내 잘못이 아니다. 나는 어른들에 의해 화가라는 직업이 좌절된 여섯 살 이후, 보아뱀의 안과 밖을 제외하고는 어떤 것도 그리는 법을 배운 적이 없었기 때문이다.

나는 너무 놀라 휘둥그레진 눈으로 이 환영을 바라보았다. 잊어서는 안 될 것이, 나는 사람이 사는 지역으로부터 수천 마일 떨어져 있었던 것이다. 그런데 이 꼬마는 내게 길을 잃은 것 같지도, 피곤해하는 것 같지도, 배가 고픈 것 같지도, 목이 마른 것 같지도, 두려워하는 것 같지도 않게 여겨졌다. 그에게는 사막 한가운데서 길을 잃은 아이라고 할 만한 구석이 없었던 것이다. 마침내 내가 말을 할 수 있게 되었을 때, 그에게 물었다.

이것이 훗날, 내가 그를 성공적으로 그린 것 중에서 가장 나은 초상화이다.

"그런데… 너는 여기서 무얼 하고 있는 거니?"

그러자 그는 매우 부드럽게, 아주 진지한 사항처럼 되풀이해서 말했다.

"부탁이에요… 내게 양 한 마리만 그려 주세요……."

불확실성이 너무 크면, 사람들은 감히 따르지 않을 수 없게 된다. 사람들의 거주지로부터 수천 마일 떨어진 곳에서 죽음의 위험에 처한 내게 그것은 황당하게 여겨졌지만, 나는 주머니에서 종이 한 장과 만년필을 꺼내지 않을 수 없었다. 그러나 그때 내가 공부한 것은 무엇보다 지리, 역사, 수학, 그리고 문법이었다는 것이 떠올랐고 그 꼬마에게 (조금 언짢아진 기분으로) 나는 그리는 법을 알지 못한다고 말했다. 그가 대답했다.

"아무래도 상관없어요. 내게 양 한 마리만 그려주세요."

나는 결코 양을 그려 본 적이 없었으므로 그에게 내가 그릴 수 있었던 단지 두 개의 그림 가운데 하나를 그려 주었다. 그것은 보아뱀의 바깥이었다. 그런데 나는 그 꼬마가 내게 대답한 것을 듣고 기겁하지 않을 수 없었다.

"아니! 아니! 나는 보아뱀 속 코끼리를 원한 게 아니야. 보아뱀은 너무 위험하고, 코끼리는 너무 거추장스러워. 내가 사는 곳은 모든 게 작아. 나는 양이 필요한 거야. 양 한 마리만 그려 줘."

그래서 나는 그렸다.

그는 주의 깊게 보고는, 그러고 나서,
"아니! 이 양은 이미 너무 병들었어. 다른 것을 그려 줘."
나는 그렸다.

내 친구는 친절하고 관대하게 미소지었다.

"당신이 보기에도… 이건 양이 아니잖아, 이건 염소야. 뿔이 있잖아……."

그래서 나는 또 그림을 그렸다.

하지만 그것도 앞의 것들처럼 거절당했다.

"이건 너무 늙었어. 나는 오랫동안 살 양을 원한다구."

그래서, 인내심도 다했고, 서둘러 엔진 수리를 시작해야 했기에, 나는 이것을 이렇게 끄적거렸다.

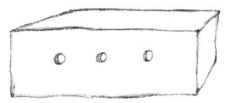

그러고는 툭 던졌다.

"그건 궤짝이야. 네가 원하는 양은 안에 있어."

하지만 나는 환하게 빛나는 젊은 심판관을 보곤 깜짝 놀랐다.

"내가 원하던 게 바로 이거야! 이 양에게 많은 풀이 필요할까?"

"왜?"

"내 별은 너무 작거든……."

"틀림없이 충분할걸. 나는 네게 매우 작은 양을 주었으니까."

그는 그 그림 위로 머리를 숙였다.

"그렇게 작지는 않은데… 봐! 그가 잠들었어……."

그렇게 해서 나는 어린 왕자를 알게 되었던 것이다.

3

그가 어디서 왔는지를 알게 되기까지는 긴 시간이 걸렸다. 내게 그렇게 많은 질문을 했던 어린 왕자는 내가 묻는 것은 결코 들으려 하지 않는 것 같았다. 모든 것은 우연히 뱉어진 말들에 의해 아주 조금씩 밝혀졌다. 예를 들면 그가 처음으로 내 비행기(내 비행기는 내가 그리기엔 너무 복잡해서 그리지 않겠다.)를 보고 물었다.

"이 물건은 뭐야?"

"이건 그냥 물건이 아냐. 날아다녀. 이건 비행기야. 내 비행기지."

그리고 나는 내가 날아다닌다는 것을 그에게 알려 줄 수 있어서 자랑스러웠다. 그러자 그가 소리쳤다.

"뭐라고! 당신이 하늘에서 떨어졌다고?"

"그래." 나는 대수롭지 않다는 듯 대답했다.

"와! 그거 재미있다……."

그리고 어린 왕자는 매우 멋진 웃음을 터뜨렸는데, 내게는 많이 거슬렸다. 나는 내 불행이 진지하게 여겨졌으면 했던 것이다. 그러고 나서 그가 덧붙였다.

"그러니까 당신도 하늘에서 왔다는 거네! 어느 별에서 온 거야?"

나는 그라는 존재의 신비로움에서 희미한 한 줄기 빛을 본 직후에, 갑작스럽게 질문을 했다.

"그러니까 너는 다른 별에서 왔다는 거니?"

그러나 그는 답하지 않았다. 그는 내 비행기를 보면서 천천히 고개를 끄덕였다.

"사실 저것으로, 당신은 아주 먼 곳에서 올 수는 없었을 텐데……."

그리고 그는 오랫동안 상념에 잠겨 있었다. 그러고는, 주머니에서 내 양을 꺼내서는 자신의 보물을 넋 놓고 감상했다.

여러분은 이 반쯤은 믿을 수 없는 '다른 별들'에 의해 불러 일으켜진 내 호기심이 어떠했는지를 상상할 수 있을 것이다.

그래서 나는 더 많은 정보를 알아내기 위해 노력했다.

"내 꼬마 친구, 너는 어디에서 왔니? '네가 사는 곳'은 어디니? 내 양을 어디로 데려가려는 거니?"

그는 깊은 생각에 빠져 침묵 끝에 대답했다.

"당신이 내게 준 상자가 매우 좋은 점은, 밤에 그것을 집으로 쓸 수 있다는 거야."

"물론이지. 네가 친절하다면, 온종일 그를 붙잡아 매 둘 줄도 줄 수 있어. 그리고 말뚝도."

그 제안은 어린 왕자에게 충격을 준 것 같았다.

"붙잡아 매 둔다고! 무슨 기괴한 생각이야!"

"하지만 만약 붙잡아 매 두지 않으면, 어디로든 달아날 테고, 잃어버리게 될 텐데……"

그러자 나의 친구는 다른 의미의 웃음을 터뜨렸다.

"당신은 그가 어디로 갈 거라고 생각해!"

"어디든지. 앞으로 곧장……"

그때 어린 왕자가 심각하게 말했다.

"그건 문제가 안 돼. 내가 사는 곳은 아주 작거든!"

그리고, 아마도 조금 쓸쓸해졌는지 그는 덧붙였다.

"앞으로만 곧장 간다 해도 그렇게 멀리 갈 수 없어……"

4

 그렇게 해서 나는 매우 중요한 두 번째 사실을 알게 되었다. 그의 고향 행성이 기껏해야 집 한 채 크기에 지나지 않는다는 사실 말이다!
 그것이 내게는 크게 놀랄 일은 아니었다. 나는 지구나, 목성, 화성, 금성처럼 우리가 이름 붙인 큰 별들 외에, 또 다른 수백 개의 별들이 있다는 것을 알고 있었고, 그것들 가운데는 때때로 너무 작아서 망원경으로도 보기 힘든 것이 있었기

때문이다. 한 천문학자가 그 가운데 하나를 발견하게 되면, 그것에는 아무 의미 없는 이름을 부여한다. 예를 들어 '소행성 325'라 부르는 것이다.

나는 어린 왕자가 떠나온 별이 소행성 B612라고 믿을 만한 진지한 이유들을 가지고 있다. 이 소행성은 1909년, 터키 천문학자에 의해, 망원경으로 단 한 번 관측되었을 뿐이다. 그는 그때 국제 천문 총회에서 자신의 발견에 대해서 중대한 논증을 펼쳤다. 그러나 복장 때문에 누구도 그의 말을 믿으려 하지 않았다. 어른들은 그렇다.

 다행히도 소행성 B612의 명성을 위해, 자신의 국민들에게는 사형제를 시행한, 터키의 한 독재자가, 유럽풍으로 옷을 입도록 했다. 그 천문학자는 1920년, 매우 우아한 차림으로 논증을 다시 하게 되었다. 그리고 이번에는 모든 사람들이 그의 견해를 받아들였던 것이다.

 이처럼 내가 그 소행성 B612에 관해 상세히 말하고 그것의 번호를 털어놓은 이유는 어른들 때문이다. 어른들은 계산하기를 좋아한다. 여러분이 그들에게 새로운 친구에 관해 말할 때, 그네들은 본질적 문제에 관해선 결코 묻지 않는다. 결코 이렇게 말하지 않는 것이다. "그애 목소리 톤은 어떠니? 그애가 좋아하는 게임은 뭐니? 그애는 나비를 수집하니?" 그네들은 여러분에게 이렇게 물을 것이다. "나이는 몇 살이냐? 형제는 몇 명이니? 몸무게는 얼마나 되지? 아버지 수입은 얼마나 되고?" 단지 그것만으로 그를 알았다고 믿는 것이다. 만약 여러분이 그 어른에게, "나는 장미넝쿨 담장이 있는 예쁜 집을 봤어. 창가에 제라늄 화분이 있고, 지붕에는 비둘기집이 있는…"이라고 해도, 그들은 그 집의 이미지를 떠올리지 못할 것이다. 그들에게는 이렇게 말해야만 한다. "나는 십만 프랑짜리 집을 봤어." 그때서야 그들은 소리칠 것이다. "정말 멋지구나!"

그러니, 만약 여러분이 그들에게, "어린 왕자가 존재했다는 증거는 그가 매혹적으로 웃었고 양 한 마리를 원했다는 거야. 누군가 양 한 마리를 원할 때면, 그것이 누군가 존재했다는 증거지."라고 한다면, 그들은 자신들의 어깨를 으쓱해 보이고는 여러분을 어린애 취급할 것이다! 하지만 만약 그들에게 "그가 떠나온 별이 소행성 B612야."라고 하면 그때는 납득하고, 자신들의 질문으로부터 혼자 있게 내버려 둘 것이다. 그들은 그와 같다. 그들을 원망해서는 안된다. 아이들은 어른들에게 정말 관대해야만 하는 것이다.

하지만, 물론, 삶을 이해하는 우리는, 계산 같은 것들을 우습게 여겨야 한다. 나는 이 이야기를 동화처럼 시작하는 게 좋았을지 모르겠다. 이처럼 말하는 게 좋았을 거란 이야기다.

"옛날 옛적에 자신보다 조금 더 큰 것에 불과한 어느 별에 살면서, 친구가 필요했던 어린 왕자가 있었습니다……." 삶을 이해하는 이들에게는 그것이 훨씬 더 사실적으로 여겨졌을 것이다.

왜냐하면 나는 누군가 내 책을 가볍게 읽는 걸 좋아하지 않기 때문이다. 이 기억들을 말하는 데 나는 너무 큰 슬픔을 겪었다. 내 친구가 그의 양과 함께 떠난 지도 벌써 6년이 흘렀다. 내가 이것을 여기에 묘사하려 애쓰는 것은 그것을 잊지 않기 위해서다. 친구를 잊는다는 것은 슬픈 일이다. 모든 사람들이 친구를 가지고 있는 것도 아니다. 그리고 나 또한 계산하는 것 말고는 흥미를 느끼지 못하는 어른처럼 되어 버린 것인지도 모르겠다. 그것이 나로 하여금 심지어 화구 상자와 연필을 사게 한 것이고 말이다. 보아뱀의 안쪽과 바깥쪽을 그렸던 여섯 살 이후 결코 어떠한 시도도 해본 적 없는 내가, 이 나이에, 다시 그림으로 돌아가야 한다니! 물론 나는, 가능한 실물과 닮게 그리기 위해 노력할 것이다. 하지만 내가 성공할 거라고 확신할 수는 없다. 그림 가운데 하나는 괜찮은데, 다른 것은 더 이상 닮지 않았을 수도 있다. 나는 크기에서도 얼마간 실수를 저지를 수도 있을 것이다. 여기 어린 왕자는 너무 크다. 저기에 그것은 너무 작다. 나는 그의 옷 색깔에 대해서도 망설여진다. 그래서 나는 이렇게 저렇게 여러모로 모색해 보는 것이다. 나는 마지막으로 가장 중요한 세부묘사에서 실수할 수도 있을 것이다. 하지만 그렇더라도, 용서해 주었으면 한다. 내 친구는 결코 설명해 주지 않았다. 그는 아마 나를 자기처럼 생각했던 것 같다. 하지만 불행이도 나는, 그 상자 속의 양을 보지 못한다. 어쩌면 나는 조금 어른 같아졌는지도 모르겠다. 나는 더 늙었음에 틀림없는 것 같다.

소행성 B612에 서 있는 어린 왕자

5

매일 나는 별에 대해, 떠남에 대해, 여행에 대해 무언가를 깨닫게 되었다. 그것은 생각하는 중에 매우 천천히, 우연하게 다가왔다. 3일째 되는 날, 나는 바오바브나무의 참극을 알게 되었다.

이번에도 다시 양 덕택이었는데, 갑자기 어린 왕자가 중대한 의혹처럼 내게 물어왔기 때문이다.

"그건 사실이겠지, 그렇지 않아? 양이 떨기나무들을 먹는다는 것 말이야?"

"그럼, 그건 사실이지."

"아! 기뻐라!"

나는 양이 떨기나무들을 먹는다는 것이 왜 그렇게 중요한 것인지 이해할 수 없었다. 그러나 어린 왕자는 덧붙였다.

"그렇다면 그들은 바오바브나무도 먹겠지?"

나는 어린 왕자에게 바오바브나무는 떨기나무도 아니지만, 성당처럼 큰 나무여서, 코끼리떼를 데리고 간다한들 바오바브나무 한 그루도 해치우지 못할 거라고 지적했다.

코끼리떼라는 착상이 어린 왕자를 웃게 만들었다.

"그럼 그걸 차곡차곡 쌓아 두어야만 되겠네……."

하지만 그는 사려 깊게 지적했다.

"바오바브나무도 크게 자라기 전에는, 작게 시작하잖아."

"그렇구나! 그런데 너는 왜 양이 작은 바오바브나무를 먹길 원하니?"

그는 내게 너무나 자명한 이치라는 듯이 대답했다. "아이 참! 생각해 봐!" 나는 어쩔 수 없이 혼자서 이 문제를 풀기 위해 온통 머리를 짜내야 했다.

그리고 실제로, 어린 왕자의 별에는, 다른 모든 별에 있는 것처럼, 좋은 풀들과 나쁜 풀들이 있었다. 따라서 좋은 풀들로부터 좋은 씨앗을, 나쁜 풀들로부터 나쁜 씨앗이 생겼다. 하지만 씨앗들은 보이지 않는다. 그들은 깨어나려는 욕망에 사로잡히기 전까지 땅속에서 비밀스럽게 잠을 잔다. 그러고는 기지개를 켜고, 태양을 향해 처음에는 소심하게, 아무런 해를 끼치지 않는 매혹적인 어린싹을 내미는 것이다. 만약 그것이 무의 싹이거나 장미나무의 어린싹이라면, 그것이 원하는 대로 자라도록 내버려두면 될 터였다. 그러나 그것이 나쁜 식물의 싹이라면, 그것을 알아차리자마자, 즉시 뿌리째 뽑아 버려야만 하는 것이다. 또한 어린 왕자의 별에는 끔찍한 씨앗들이 있는데… 그것은 바오바브나무 씨앗들이었다. 그 별의

토양은 황폐해졌다. 또한 바오바브나무는, 만약 우리가 너무 늦게 처리하면 결코 제거할 수 없게 된다. 별 전체가 엉망이 된다. 그것은 자신의 뿌리로 구멍을 낸다. 그리하여 만약 별이 너무 작고, 바오바브나무가 너무 많다면, 별은 산산조각이 나는 것이다.

"그건 규율의 문제거든." 어린 왕자는 후에 내게 덧붙여 말했다. "아침을 맞을 단장을 끝내고 나면, 별도 주의 깊게 단장을 해주어야만 해. 바오바브나무는 아주 어릴 때 장미나무와 비슷하기 때문에, 차이가 나는 순간부터 규칙적으로 뿌리째 뽑아 주어야만 하는 거지. 그건 정말 번거로운 일이야. 하지만 무척 쉬운 일이기도 해."

그리고 하루는 내게 아름다운 그림 한 장을 그려서, 우리 집 아이들의 머리에 박힐 수 있도록 하라고 조언했다. "만약 그들이 어느 날 여행을 한다면," 그가 말했다. "그게 그들에게 도움을 줄 거야. 가끔은 자신이 할 일을 더 미루더라도 위험이 없을 때도 있어. 하지만, 바오바브나무의 경우에는, 그건 언제나 참사로 이어지는 거야. 나는 게으른 남자가 사는 별

바오바브나무

하나를 알아. 그는 떨기나무 세 개를 소홀히 했었어……."

그리하여, 어린 왕자의 지시에 따라, 나는 그 별을 그렸다. 나는 도덕주의자인 양 하는 것을 그닥 좋아하지 않는다. 그러나 바오바브나무의 위험성이 거의 알려지지 않았고, 길을 잃고 소행성에 들어가게 된다면 상당한 위험성이 있기에, 이번 한 번만은 내 판단을 예외로 한다. 나는 말한다. "어린이 여러분! 바오바브나무를 조심하세요!" 내가 이 그림에 그토록 힘을 들인 것은, 오래전부터 나처럼 멋모르고 지나쳤던 그 위험을 내 친구들에게 알려 주기 위해서이다. 내게 주어진 권고는 그만큼 가치가 있었다. 당신은 궁금할지 모른다. 왜 이 책 속 다른 그림들은, 바오바브나무 그림처럼 웅대한 게 없는 걸까? 하고. 대답은 아주 단순하다. 나는 그리려 노력했지만 성공할 수 없었다. 바오바브나무를 그릴 때 나는 긴박한 심정으로 그렸던 것이다.

6

 아! 어린 왕자여, 점차 나는 너무나 쓸쓸한 네 작은 삶을 이해하게 되었다. 네게는 오랜 시간 해 지는 석양의 부드러움 말고는 위로받을 수 있는 것이 없었던 것이다. 네가 말해주었던, 넷째 날 아침에야 나는 그 새로운 사실을 알게 되었다.

 "나는 해 지는 석양을 좋아해. 해 지는 걸 보러 가."

 "하지만 그건 기다려야 하는데……."

 "무얼 기다려?"

 "해가 질 때까지 기다려야 해."

 너는 처음에 무척 놀란 것 같더니, 혼자 웃었지. 그러곤 내게 말했다.

 "난 여전히 내가 우리 집에 있는 줄 알았어!"

 사실이었다. 미국이 정오일 때, 세상이 다 알고 있듯, 해는 프랑스에서는 저무니까. 일 분 안에 프랑스로 갈 수 있다면

해 지는 석양을 보는 게 충분히 가능했겠지. 불행히도 프랑스는 너무 멀리 떨어져 있었던 것이다. 하지만 네 그 작은 별에서는, 네 작은 의자를 조금만 옮기는 것으로도 충분했을 테지. 그래서 너는 네가 원할 때면 언제든 석양을 볼 수 있었던 것일 테고.

"어느 날은 해가 저무는 걸 마흔네 번이나 봤어!"

그리고 조금 후에 너는 덧붙였지.

"있잖아… 너무 슬플 때는 누구라도 해 지는 석양이 좋아져……."

"마흔네 번 그걸 보던 그날 그러니까 너는 너무 슬펐던 거니?"

하지만 어린 왕자는 대답하지 않았다.

7

 다섯째 날, 언제나 그렇듯 양 덕택에, 어린 왕자의 삶의 비밀이 드러났다. 그는 아무런 전조도 없이, 침묵 속에서 오랜 시간 고민한 문제의 결과물인 것처럼 갑작스럽게 물었다.

 "양이 만일 떨기나무를 먹는다면, 꽃 또한 먹지 않을까?"

 "양은 눈에 띄는 어떤 것이든 먹지."

 "가시 있는 꽃까지도?"

 "그래, 가시 있는 꽃이라 해도."

 "그러면 가시는, 그것들은 무슨 소용이 있어?"

 나는 알지 못했다. 그때 나는 엔진에 조여 있는 볼트를 풀기 위해 매우 바빴다. 나는 매우 걱정스러웠다. 고장이 매우 심각하다는 사실이 드러나고, 마실 물이 동나는 최악의 상황을 맞을 수 있다는 것을 알기 시작했기 때문이다.

 "가시는, 그것들은 무슨 소용이 있어?"

어린 왕자는 한번 물은 질문은 결코 포기하는 법이 없었다. 나는 볼트 때문에 화가나 있어서 되는대로 대답했다.

"가시는, 쓸모없는 거야. 꽃들이 괜히 심술부리는 거야!"

"아!"

그러나 잠시 침묵 후에 그는 적개심 같은 것을 가지고 내게 소리를 질렀다.

"당신을 못 믿겠어! 꽃은 약한 생물이야. 그네들은 순진해. 그네들은 할 수 있는 최선을 다해 자신들을 안심시키는 거라고. 그네들은 자신들의 가시가 무시무시한 거라고 믿고 있는 거라고……."

나는 대답하지 않았다. 그 순간 생각했다. '만약 이 볼트가 여전히 버티면, 망치로 때려 봐야겠는걸.' 어린 왕자가 다시 내 깊은 생각을 흐트러뜨렸다.

"당신은 믿잖아, 당신은, 그 꽃들이……."

"아니야! 그렇지 않아! 나는 어떤 것도 믿지 않아! 뭐라고 대답해야 할지 모르겠구나. 나는 바쁘단다. 내게는, 진지한 문제거든!"

그는 깜짝 놀라서 나를 바라보았다.

"진지한 문제라고!"

그는 나를 보았는데, 내 손에는 망치가 들려 있었고, 손가락은 기름으로 검어진 채, 그에게는 매우 지저분해 보일 물체에 몸을 숙이고 있었다.

"당신도 어른들처럼 말하네!"

그것은 나를 조금 부끄럽게 만들었다. 그렇지만, 그는 가차없이 더했다.

"당신은 모든 것을 혼동하고 있어… 당신은 모든 것을 뒤죽박죽으로 만들고 있다구!"

그는 정말 몹시 화가 나 있었다. 그는 온통 황금빛인 머리칼을 공기 중에 흔들었다.

"내가 아는 별 하나에 붉은 얼굴빛의 신사 한 사람이 있었어. 그 사람은 꽃향기도 맡아 본 적이 없어. 그 사람은 별을 바라본 적이 없어. 그 사람은 결코 누구도 사랑하지 않았어. 숫자를 더하는 것 말고는 결코 아무것도 하지 않았어. 그리고 온종일 당신처럼 되풀이해서 말했어. '나는 진지한 사람이다! 나는 진지한 사람이다!' 그리고 그것은 자부심으로 그를 우쭐하게 만들었어. 하지만 그건 사람이 아니라, 버섯이야!"

"뭐라고?"

"버섯이라구!"

어린 왕자는 이제 화가 나서 창백해져 있었다.

"수백만 년 동안 꽃들은 가시를 지니고 있었어. 수백만 년 동안 양들은 여전히 꽃들을 먹어 왔고. 그런데 그 꽃이 결코 아무 쓸모도 없는 가시를 키우기 위해 그렇게 큰 수고를 하는 이유를 이해하려고 노력하는 것은 진지하지 않다는 거야? 양과 꽃들 사이의 그 전쟁이 중요하지 않다는 거야? 이것이 살찐 붉은 얼굴의 신사가 하는 덧셈보다 덜 중요하고 진지하지 않다는 거야? 그리고 만약 내가 알고 있는, 세상에 유일한 꽃인, 내 별 말고는 어디서도 존재하지 않는 그것을, 어느 날 아침, 아무것도 모르는 작은 양 한 마리가 와서 단번에 없앨 수도 있는데, 그것이 중요하지 않다는 거야!"

그는 상기되어, 다시 시작했다.

"만약 누군가 수백만 개의 별들 가운데 유일하게 존재하는 꽃 한 송이를 사랑한다면, 그는 그것들을 바라보는 것만으로도 충분히 행복할 거야. 그는 자신에게 말할 거야. '내 꽃이 저기 어딘가에 있어…' 그런데 만약 양이 그 꽃을 먹어 버린다면, 마치 그에게는 한순간에, 모든 별들이 존재하지 않게 되는 거야! 그것이 중요하지 않다고!"

그는 더 이상 말을 잇지 못했다. 갑작스레 울음이 터져 나왔던 것이다. 밤이 내려앉았다. 나는 내 연장들을 아무렇게나 던져 버렸다. 망치와 볼트에 대해, 그리고 갈증과 죽

음에 대해 신경 쓰지 않기로 했다. 거기에, 하나의 별, 지구라는 내 행성에 달래야 할 어린 왕자가 있었다! 나는 그를 팔로 안았다. 그를 흔들었다. 나는 그에게 말했다. "네가 사랑하는 그 꽃은 위험하지 않아… 네 양에게 부리망을 그려 줄게… 네 꽃을 위해 울타리도 그릴 거야… 나는……." 나는 무슨 말을 해야 할지 알지 못했다. 나는 몹시 서툴렀다. 나는 그곳에 어떻게 다다라야 할지, 어디서 만나야 할지… 알지 못했다. 그것은 그렇게도 비밀스러운, 눈물의 땅이었다.

8

 나는 머지않아 이 꽃에 대해 더 잘 알게 되었다. 어린 왕자의 별에서 꽃들은 늘 매우 소박해서, 홑꽃잎으로 단장하고, 공간을 차지하지 않았으며, 누구와도 문제를 일으키지 않았다. 그네들은 어느 날 아침 풀 속에서 나타났고, 밤이면 시들었다. 그러나 한번은, 아무도 모르는 곳으로부터 날아온 씨앗에서 싹이 텄고, 어린 왕자는 다른 잔가지들과는 닮지 않은 이 잔가지를 매우 유심히 지켜보게 되었다. 그것은 새로운 종류의 바오바브나무일 수 있었던 것이다. 그러나 그 묘목은 머지않아 성장을 멈추더니, 꽃 피울 준비를 시작했다. 어린 왕자는, 큰 꽃망울이 잡히는 것을 주의 깊게 살피면서, 기적이 발생하기 직전이라는 걸 느꼈지만, 그 꽃은 녹색의 방에서 아름다움을 위한 준비를 끝마칠 줄 몰랐다. 꽃은 주의 깊게 자신의 색깔을 골랐다. 천천히 옷을 차려입고, 하나하나씩 꽃잎을 정돈했다. 개양귀비처럼 헝클어진 채 나오고 싶지 않았던 것이다. 오로지 자신의 아름다움이 완전히 빛을 발할 때 나서길 원했다. 오! 과연! 꽃은 매우 요염했다! 그녀의 비밀스러운 단장은 그러고도 여러 날 지속되었다. 그러던 어느 날 아침, 정확히 해 뜨는 시각에, 그녀가 모습을 드러냈다.

그리고 그녀는, 그렇듯 꼼꼼하게 공을 들였음에도, 하품을 하며 말했다.

"아! 저는 이제 막 깨어났어요… 죄송해요… 여전히 전부 헝클어져 있네요……."

어린 왕자는, 그러나, 감탄을 억제할 수 없었다.

"정말 아름답군요!"

"그렇죠." 꽃이 살며시 대답했다.

"저는 해와 동시에 태어났거든요……."

어린 왕자는 그녀가 크게 겸손하지 않다는 사실을 충분히 짐작했지만, 그러나 얼마나 감동적인가!

"지금쯤이면, 제 생각엔… 아침 식사 시간 같은데…" 그녀는 곧 덧붙였다. "저를 위해 친절을 베풀어 주실 수 있으실지……."

어린 왕자는, 완전히 당황해서, 신선한 물이 담긴 물뿌리개를 찾아, 꽃을 대접했다.

그처럼 그녀는 오래지 않아 조금 까다로운 자만심으로 그를 들볶았다. 예를 들어 하루는, 자신이 가진 네 개의 가시에 대해 말하는 가운데 어린 왕자에게 말했다.

"그들이 올 거예요, 호랑이들이요, 발톱을 가진!"

"내 별에는 호랑이들이 없어요…" 어린 왕자가 반박했다. "그리고 호랑이들은 풀을 먹지 않아요."

"나는 풀이 아니에요." 꽃이 부드럽게 대답했다.

"미안해요……."

"나는 호랑이는 전혀 겁나지 않아요. 하지만 외풍은 무서워요. 당신에게 바람막이는 없나요?"

'외풍이 무섭다니… 식물로서는 운이 없구나,' 어린 왕자는 알아챘다. '이 꽃은 정말 까다로운 존재구나.'

"밤에는 저를 유리구 안에 넣어 주세요. 당신 별은 너무 춥네요. 자리를 잘못 잡은 거 같아요. 내가 떠나 온 그곳은……."

하지만 그녀는 자신의 말을 멈추었다. 그녀는 씨의 형태로 왔다. 그녀는 다른 세계를 경험할 수 없었던 것이다. 그러한 순진한 거짓말을 꾸며서 한 게 창피했는지, 그녀는 그 잘못을 어린 왕자에게 떠넘기기 위해 두어 번 기침을 했다.

"바람막이는요?…"

"찾으러 가려는데, 당신이 내게 말을 걸었잖아요!"

그러자 그녀는 다시 그에게 죄책감을 안겨주기 위해 억지로 기침을 했다.

그리하여 어린 왕자는, 좋아하는 선의의 마음에도 불구하

고, 오래지 않아 그녀를 의심하게 되었다. 그는 사소한 말을 심각하게 받아들였고, 매우 불행하게 되었던 것이다.

"나는 그녀의 말을 듣지 말았어야 했어." 그는 어느 날 내게 털어놓았다. "꽃들의 말을 들으면 절대 안 돼. 그냥 바라보고 향기만 맡으면 되는 거였어. 내 꽃은 내 별을 향기롭게 해주었는데, 즐기는 방법을 몰랐던 거야. 그렇게 신경 쓰게 한 발톱 이야기는, 측은하게 여겼어야 했는데……."

게다가 그는 내게 털어놓았다.

"사실 나는 어떤 것도 이해하지 못했던 거야! 나는 말이 아니라 행동으로 그녀를 판단해야만 했는데. 그녀는 나를 향기롭게 하고 빛나게 했어. 나는 결코 그녀로부터 달아나지 말았어야 해. 나는 그녀의 가여운 속임수 뒤에 숨어 있는 다정함을 꿰뚫어 봤어야 했어. 꽃들은 그렇게 모순적이야! 하지만 나는 그녀를 사랑하는 법을 알기엔 너무 어렸어."

9

나는 그가 야생의 철새떼들의 이동을 이용해 그의 별을 빠져나왔으리라고 믿는다. 떠나던 날 아침에 그는 차례차례 별을 정리했다. 그는 자신의 활화산들을 주의 깊게 청소했다. 그는 두 개의 활화산을 가지고 있었다. 그리고 그것들은 아침 식사를 데우는 데 매우 편리했다. 그는 또한 사화산도 하나 가지고 있었다. 그러나 그의 말처럼 "결코 누구도 모르는 일이다". 그래서 그는 사화산 또한 청소했다. 만약 잘 청소하면, 화산들은 폭발하는 법 없이, 천천히 그리고 꾸준히 타오를 것이다. 화산 폭발은 굴뚝의 불길과 같다. 당연히 우리는 우리 땅 지구에서 화산을 청소하기엔 너무 작다. 그것이 우리에게 그렇게 많은 곤란을 가져다주는 이유이다.

어린 왕자는 또한 조금 슬퍼하며, 바오바브나무의 마지막 새싹을 뽑았다. 그는 결코 돌아오지 않게 되리라고 생각했던

그는 자신의 화화산들을 주의 깊게 청소했다.

것이다. 그러나 이 모든 친숙한 일들이 그에게, 그 어슴새벽에, 더할 수 없이 정겨웠다. 그리고 마지막으로 꽃에게 물을 주고, 유리구를 씌워 줄 준비를 할 때, 그는 스스로 울고 싶다는 충동을 느꼈다.

"잘 있어." 그는 꽃에게 말했다.

그러나 그녀는 대답하지 않았다.

"잘 있어." 그는 되풀이했다.

꽃이 기침을 했다. 그러나 그것은 감기 때문은 아니었다.

"내가 어리석었어." 그녀는 마침내 말했다. "용서해줘. 꼭 행복해야 해."

그는 비난이 없는 것에 놀랐다. 그는 몹시 당황하여 유리구를 공중에 든 채로, 잠깐 동안 멈춰 서 있었다. 그는 이 온화한 침착함을 이해할 수 없었다.

"그렇지만, 음, 그래, 나는 당신을 사랑해." 꽃이 말했다. "당신은 몰랐을 거야. 내 잘못이지. 그건 중요치 않아. 그러나 당신도 나처럼 바보였어. 꼭 행복해야 해. 유리구는 완전히 치워 줄래. 나는 더 이상 그것을 원치 않아."

"하지만 바람이……."

"그렇게 춥지 않아… 차가운 밤공기가 내게 좋을 거야. 나는 꽃이니까."

"하지만 동물들이……."

"만약 나비를 보길 원한다면 두세 마리 애벌레 정도는 견뎌 내야겠지. 그것은 무척 아름다울 거야. 그렇지 않으면 누가 나를 찾아와 주겠어? 당신은 멀리 있을 테고. 큰 동물들은 전혀 두렵지 않아. 나는 가시를 가지고 있거든."

그러면서 그녀는 천진하게 가시 네 개를 보여 주었다. 그러고 나서 덧붙였다.

"그렇게 지체하지 마. 성가셔. 당신은 떠나기로 결정했잖아. 어서, 가!"

왜냐하면 그녀는 자신의 우는 모습을 보여 주고 싶지 않았기 때문이다. 그렇게 자존심 강한 꽃이었다…….

10

그의 별은 소행성 325, 326, 327, 328, 329, 그리고 330 구역 안에 있었다. 그래서 그는 일자리를 찾고 견문을 넓히기 위해 그것들을 방문하기 시작했다.

첫 번째 별에는 왕이 살고 있었다. 왕은 보랏빛 어민*을 입고, 단순하면서도 웅장한 옥좌에 앉아 있었다.

"오! 신하로구나." 왕이 어린 왕자를 발견하곤 소리를 질렀다.

어린 왕자는 의아하게 생각했다.

'어떻게 나를 알아볼까. 이전에 결코 본 적이 없을 텐데!'

그는 몰랐던 것이다. 왕에게 있어서, 세상은 몹시 단순화되어 있다는 것을. 모든 사람이 신하인 것이다.

"가까이 오라, 너를 더 잘 볼 수 있도록." 마침내 누군가의

---

*hermine : 흰 담비의 겨울철 장식이 박힌 왕실 가운.

왕이 되었다는 자부심을 느낀 왕이 그에게 말했다.

어린 왕자는 앉을 곳을 찾기 위해 둘러보았지만, 별은 왕의 멋진 어민 망토로 인해 번잡했다. 그는 선 채로 머물렀고, 그리고, 피곤했기 때문에, 하품을 했다.

"왕이 있는 곳에서 하품을 하는 것은 예의에 반하는 것이다." 군주가 말했다. "나는 네게 그것을 금하노라."

"저 스스로도 못하게 할 수가 없네요." 어린 왕자가 몹시 당황해서 말했다. "긴 시간 여행을 해왔고 한숨도 못 잤거든요······."

"그렇다면," 그에게 왕이 말했다. "나는 네게 하품을 할 것을 명하노라. 나는 아주 오랫동안 누구도 하품하는 것을 보지 못했다. 하품은 내게 호기심의 대상이다.

어서! 다시 하품을 하라. 이것은 명령이다."

"그것이 저를 두렵게 해서… 더 이상 하품이 나오게 할 수가 없어요……" 어린 왕자가 몹시 얼굴을 붉혔다.

"흠! 흠!" 왕이 대꾸했다. "그렇다면 나는… 나는 네게 명하노라, 때때로 하품을 하고 때로는……."

그는 작게 신음소리를 냈는데, 기분이 상한 듯 보였다.

왜냐하면 왕이 기본적으로 바라는 것은 그의 권위를 존중받는 것이었기 때문이다. 그는 거역하는 것을 용인하지 못했다. 그는 절대 군주였다. 하지만, 그는 매우 선한 사람이었기에, 분별 있는 명을 내렸다.

"만약 내가 명했다면," 그가 거침없이 말했다. "내가 장군에게 갈매기로 변하라고 명했고, 그리고 만약 그 장군이 따르지 못했다 하더라도, 그것은 장군의 잘못이 아니다. 그것은 내 잘못인 것이다."

"앉아도 되나요?" 어린 왕자가 머뭇거리며 물었다.

"나는 네게 앉을 것을 명하노라." 왕이 그에게 답하며, 자신의 어민 망토 한 자락을 위풍당당하게 거두어들였다.

하지만 어린 왕자는 의아했다. 그 별은 작았다. 대체 이 왕이 통치한다는 것이 무엇일까?

"폐하," 그가 말했다. "죄송하지만 제가 당신께 질문해도 되나요……."

"나는 너에게 질문할 것을 명하노라." 왕이 서둘러 말했다.

"폐하… 당신이 통치하는 것은 무엇인가요?"

"전부다." 왕은 극히 단순하게 말했다.

"전부요?"

왕은 그의 행성과, 또 다른 행성과 별들을 가리키는 시늉을 했다.

"저것들 전부요?" 어린 왕자가 말했다.

"저것들 전부……." 왕이 대답했다.

사실은 단지 절대 군주였을 뿐만 아니라 우주의 군주였던 셈이다.

"그러면 저 별들이 당신에게 복종하나요?"

"물론이지." 왕이 말했다.

"그들은 즉각적으로 복종한다. 나는 불복종을 허용하지 않는다."

그런 힘은 어린 왕자의 경탄을 자아냈다. 만약 자신이 그럴 수 있었다면, 마흔네 번이 아니라 일흔두 번, 심지어 백 번, 이백 번도, 같은 날 해지는 것을 볼 수 있었을 테니, 결코 자신의 의자를 끌어당길 필요도 없이 말이다! 그리고 그는 버려진 그의 작은 별에 대한 기억으로 조금 슬픔을 느꼈기에, 대담하게 왕에게 한 가지 청을 했다.

"저는 석양이 보고 싶어요… 저를 행복하게 해주세요… 해가 지도록 명해 주세요……."

"만약 내가 한 장군에게 나비처럼 이 꽃에서 저 꽃으로 날아다니라고 명하거나, 또는 비극적인 드라마를 써 오라거나, 혹은 갈매기로 변해 보라 했는데, 만약 그 장군이 받은 명을 시행하지 않는다면, 그와 나 가운데 누가 잘못한 것이겠느냐?"

"당신이겠죠." 어린 왕자는 확고하게 대답했다.

"옳도다. 누구든 각자가 수행할 수 있는 것을 요구해야 한다." 왕이 답했다. "권위는 우선적으로 이성 위에 세워져야 한다. 만약 네가 네 백성들에게 바다로 가서 몸을 던지라고 한다면, 그들은 반란을 일으킬 것이다. 내 명은 이성적이기에 따를 것을 요구할 권리를 가지는 것이다."

"그러면 제 석양은요?" 한번 물은 질문은 결코 잊는 법이 없는 어린 왕자가 다시 물었다.

"너는 석양을 보게 될 것이다. 나는 요구할 셈이지만 내 통치술에 따라 조건이 양호해질 때까지 기다릴 것이다."

"그것이 언제인가요?" 어린 왕자가 물었다.

"흠! 흠!" 우선적으로 큰 달력을 살핀 왕이 대답했다. "흠! 흠! 그것은 대략… 대략… 그것은 오늘 저녁 7시 40분경이 될 테다! 그리고 너는 내가 명했을 때 보게 될 것이다."

어린 왕자는 하품을 했다. 그는 볼 수 있을 법했던 그의 석양이 아쉬웠다. 그러고 나서 그는 좀 지루해졌다.

"저는 여기서 더 이상 할 일이 없네요." 그는 왕에게 말했다. "저는 다시 출발해야겠어요!"

"떠나지 말거라." 신하를 갖게 되어 매우 자랑스러웠던 왕이 대꾸했다. "떠나지 말거라, 나는 너를 장관으로 삼겠다."

"장관이라고요?"

"음… 재판을 하는!"

"하지만 여기는 재판할 사람도 없는데요!"

"누구도 모르는 일이다." 왕이 그에게 말했다. "나는 아직까지 내 왕국을 돌아보지 못했다. 나는 너무 늙었고, 마차를 위한 공간도 없고, 그리고 걷는 것은 나를 피곤하게 하지."

"아, 하지만 제가 이미 봤어요." 그 별의 다른 쪽을 다시 한번 보기 위해 시선을 던졌던 어린 왕자가 말했다. 거기에도 역시 아무도 없었는데…….

"너는 그러면 네 자신을 재판하거라." 왕이 대답했다. "그것이 무엇보다 가장 힘든 일이다. 남을 재판하는 것보다 자신을 재판하는 일은 정말 힘든 일이다. 만약 네가 너 자신을 올바로 재판하는 데 성공한다면, 너는 참으로 현명한 사람이다."

"저는…" 어린 왕자가 말했다. "아무 데서나 제 자신을 재판할 수 있어요. 제가 여기서 살 필요까지는 없어요."

"흠! 흠!" 왕이 말했다. "나는 내 별 어딘가에 늙은 쥐가 있다고 믿는다. 밤에 그것의 소리를 들었거든. 너는 그 늙은 쥐를 재판할 수 있을 게다. 너는 때때로 사형을 선고할 수도 있을 게다. 그러니까 그의 삶은 네 판단에 의존하게 되는 게다. 하지만 너는 그때마다 그를 지키기 위해 특별사면을 내려야 할 것이다. 이곳의 유일한 것이니."

"저는…" 어린 왕자는 대답했다. "사형을 선고하는 걸 좋아하지 않아요. 그리고 이제 제가 떠나는 게 좋겠다고 믿어져요."

"안 된다." 왕이 말했다.

하지만 어린 왕자는, 떠날 채비를 끝내긴 했지만, 늙은 군주가 괴로워하게 되는 걸 원치 않았다. "만약 만인의 폐하께서 어김없이 복종하길 원하신다면, 제게 이성적인 명을 내려주시면 돼요. 예컨대, 제게 일 분 안에 떠나라고 명하시는 거예요. 그게 제게 적절한 조건으로 여겨지거든요."

왕이 답을 하지 않았기에, 어린 왕자는 우선 주저하다가, 한숨을 쉬고, 출발했다.

"너를 대사로 임명하노라." 그러자 왕이 급하게 소리쳤다.

잔뜩 권위 있는 태도였다.

'어른들은 정말 이상해.' 어린 왕자는 여행 중에 자신에게 말했다.

11

두 번째 별에는 교만한 사람이 살고 있었다.

"아! 아! 찬미자의 방문을 받는구나!" 그는 어린 왕자를 보자마자 멀리서부터 소리를 질렀다.

왜냐하면, 교만한 사람에게는 다른 모든 사람들이 찬미자였기 때문이다.

"좋은 아침이네요." 어린 왕자가 말했다. "당신은 재미있는 모자를 쓰고 있군요."

"이건 경례를 위한 거야." 교만한 사람이 대답했다.

"내가 갈채를 받을 때 경례를 하는 거지. 불행하게도 여기를 지나는 사람이 한 사람도 없었지만."

"아, 그래요?" 이해하지 못한 어린 왕자가 말했다.

"두 손을 서로 마주쳐 보렴." 교만한 사람이 권했다.

어린 왕자는 두 손을 서로 마주쳤다. 교만한 사람이 겸손

하게 그의 모자를 들어 올려 경례했다.

'이건 그 왕을 방문했을 때보다 훨씬 흥미로운데.' 어린 왕자는 자신에게 말했다. 그러고는 두 손을 다시 마주치기 시작했다. 교만한 사람이 자신의 모자를 들어 올리며, 경례를 시작했다.

5분을 하고나자 어린 왕자는 그 게임의 단조로움에 싫증이 났다.

"그런데, 그 모자를 내려뜨리게 하려면… 무엇을 해야 하나요?"

그러나 그 교만한 사람은 그 말을 듣지 않았다. 교만한 사람들은 결코 칭송밖에는 듣지 않는 것이다.

"너는 정말 나를 찬미하니?" 그가 어린 왕자에게 물었다.

"찬미한다는 의미가 뭔가요?"

"찬미한다는 의미는 내가 이 별에서 가장 잘생기고, 가장 옷을 잘 입고, 가장 부자이면서 지적이라는 걸 인정한다는 뜻이지."

"하지만 당신 별엔 오직 당신뿐이 없는데요!"

"나를 기쁘게 해주렴. 아무튼 나를 찬미해 주렴!"

"나는 당신을 찬미해요." 어린 왕자가 어깨를 살짝 추켜세우면서 말했다. "하지만 그게 어떻게 당신의 흥미를 끄는 거죠?"

그리고 어린 왕자는 떠났다.

'어른들은 확실히 묘해.' 그는 여행 내내 자신에게 말했다.

12

다음 별에는 술꾼이 살고 있었다. 이 방문은 아주 짧았지만, 어린 왕자를 깊은 쓸쓸함에 빠뜨렸다.

"여기서 뭐 하고 있어?" 빈 병과 채워진 술병 더미 앞에서 말없이 자리 잡고 있는 술꾼에게 그가 말했다.

"술 마셔." 침울한 분위기로, 술꾼이 대답했다.

"뭣 때문에 마셔?" 어린 왕자가 물었다.

"잊기 위해서." 술꾼이 대답했다.

"무얼 잊어?" 이미 동정심이 인 어린 왕자가 물었다.

"내가 부끄럽다는 걸 잊기 위해서." 술꾼은 고개를 떨구며 고백했다.

"뭐가 부끄러운데?" 그를 돕고 싶었던 어린 왕자가 캐물었다.

"술 마시는 게 부끄러워!" 말을 마치고 난 술꾼은 침묵에 빠졌다.

어린 왕자는 어리둥절해서 떠났다.

'어른들은 확실히 너무 묘해.' 그는 여행 중에 혼자 말했다.

13

    네 번째 별은 사업가의 것이었다. 이 사람은 얼마나 바쁜지 어린 왕자가 도착했을 때 심지어 고개조차 들지 못했다.

    "좋은 아침이네요." 어린 왕자가 그에게 말했다. "당신의 담배가 꺼져 있어요."

    "셋 더하기 둘은 다섯. 다섯 더하기 일곱은 열둘. 열둘 더하기 셋은 열다섯. 안녕. 열다섯 더하기 일곱은 스물둘. 스물둘 더하기 여섯은 스물여덟. 다시 불을 붙일 시간도 없구나. 스물여섯 더하기 다섯은 서른하나. 휴! 그러니까 오억 일백육십이만 이천칠백삼십일이 되는군."

    "뭐가 오억이에요?"

    "응? 너 아직 거기 있었니? 오억 일백만… 모르겠다… 나는 할 일이 너무 많아! 나는 진지해, 허튼 소리로 헛되이 시간을 낭비하지 않아. 둘에 다섯은 일곱……."

 "뭐가 오억 일백만인데요?" 살면서 한번 물은 질문은 결코 포기하는 법이 없는 어린 왕자가 되풀이해서 물었다.

 사업가가 고개를 들었다.

 "54년간 이 별에서 사는 동안, 나는 오직 세 번 방해를 받았었다. 첫 번째는 22년 전으로, 하나님만 알고 있는 곳으로부터 풍뎅이 한 마리가 날아들었을 때였는데, 끔찍한 소음 때문에 계산을 네 개나 틀렸지. 두 번째는 11년 전, 류머티즘의 공격을 받았을 때지. 나는 운동이 부족했거든. 한가로이 거닐 시간이 없었으니까 말야. 나는 진지해. 세 번째는… 바로 지금이다! 그런데 내가 오억 일백만이라 했지……"

"뭐가 억인데요?"

사업가는 불현듯 그의 평화를 찾을 희망이 없다는 것을 깨달았다.

"가끔 하늘에 보이는 수백만 개의 저 작은 것들 말이다."

"파리요?"

"오, 아니. 빛나는 작은 것들."

"꿀벌이요?"

"천만에. 게으름뱅이들을 몽상에 잠기게 하는 금빛으로 빛나는 작은 것들 말이다. 하지만 나는 진지해! 나는 몽상이나 하고 있을 시간은 없거든."

"아하! 별들?"

"그래, 그거야. 별들."

"오억 개의 별들로 뭘 하는데?"

"오억 일백육십이만 이천칠백삼십일 개야. 나는 진지해. 나는, 나는 정확하지."

"그러니까 당신은 그 별들로 무엇을 하냐고?"

"내가 무엇을 하냐고?"

"응."

"아무것도. 나는 그것들을 소유해."

"당신이 별들을 소유한다고?"

"그래."

"하지만 나는 이미 한 왕을 봤었는데……."

"왕은 소유하는 게 아니야. 그들은 '통치'하지. 그건 아주 다른 거다."

"그럼 별들을 소유하면 무슨 도움이 되는 거야?"

"그건 나를 부자로 만들어 주지."

"그럼 당신이 부자가 되면 무슨 도움이 돼?"

"다른 사람들의 별들을 사는 거야. 만약 누군가가 발견하면 말이야."

'이 사람도 생각하는 게 내가 아는 술꾼과 비슷하구나.' 어린 왕자는 자신에게 말했다.

그럼에도 그는 여전히 질문을 더했다.

"사람들은 별을 어떻게 소유하는 거야?"

"그것들은 누구에게 속해 있지?" 사업가가 까다롭게 되물었다.

"모르겠는데. 누구에게도 속해 있지 않지."

"그러니 그들은 내 거인 거야. 내가 처음으로 생각한 거니까."

"그거로 충분한 거야?"

"물론이지. 네가 누구에게도 속해 있지 않은 다이아몬드를 발견했을 때, 그것은 네 거잖아. 네가 누구에게도 속해 있지 않은 섬을 발견했을 때, 그건 네 거잖아. 네가 처음으로 생각해 낸 거라면 너는 특허를 낼 거잖아. 그건 네 거니까. 그러니까 나는 그 별들을 소유한 거야. 그것들을 소유하겠다는 생각을 나 이전에 결코 아무도 하지 않았으니까."

"그건 사실이네." 어린 왕자가 말했다. "그러면 그걸로 뭘 할 건데?"

"나는 관리하지. 나는 그것들을 세어 보고, 또 세어 보지." 사업가가 말했다. "그건 힘든 일이야. 하지만 나는 진지한 사람이니까!"

어린 왕자는 아직도 만족하지 못했다.

"내가, 만일 머플러를 소유했다면, 나는 그것을 내 목에 두르고 다닐 수 있을 거야. 내가, 만일 꽃을 소유했다면, 나는 내 꽃을 따서 가지고 다닐 수도 있을 거야. 하지만 당신은 별을 딸 수도 없잖아!"

"아니. 하지만 나는 그것들을 은행에 넣을 수 있지."

"그게 무슨 뜻이야?"

"그건 조그만 종이에 내 별들의 숫자를 적어 둔다는 의미지. 그러고 나서 나는 그 종이를 서랍 안에 넣고 잠가 두는 거지."

"그게 전부야?"

"그걸로 충분하거든!"

'그건 재미있는데.' 어린 왕자는 생각했다. '꽤 시적이야. 하

지만 그건 그닥 진지한 건, 아니잖아.'

어린 왕자는 진지한 것들에 대해 어른들과는 매우 다른 생각을 가지고 있었다.

"나는," 그가 다시 말했다. "매일 물을 주는 꽃을 하나 소유하고 있어. 나는 화산 세 개도 가지고 있는데 매주 한 번 청소를 해줘. 사화산 하나도 역시 청소를 해. 결코 알 수 없는 일이기 때문이야. 그것은 화산들에게 유익해. 그리고 꽃에게도 유익해, 내가 그들을 소유하고 있기 때문이야. 하지만 당신은 별들에게 유익하지 않잖아……."

사업가는 그의 입을 열긴 했지만 답할 말을 한 마디도 찾지 못했고, 어린 왕자는 떠났다.

'어른들은 확실히 정말 특이해.' 그는 여행을 하면서 자신에게 말했다.

14

다섯 번째 별은 매우 호기심이 갔다. 그 모든 별들 가운데서도 가장 작았다. 그곳은 단지 가로등 하나와 가로등지기 한 명이 있기에도 빠듯한 공간이었다. 어린 왕자는 집도 사람도 없는 하늘 어딘가에, 가로등과 가로등지기가 무슨 소용이 있는지 이해하기 힘들었다. 그럼에도 불구하고 그는 자신에게 말했다.

'어쩌면 이 사람도 터무니없는 사람일지 몰라. 하지만 왕이나, 교만한 사람, 사업가, 그리고 술꾼보다는 덜 터무니없을 거야. 적어도 그의 일은 의미가 있으니까. 그가 등을 밝힐 때 그것은 마치 하나의 꽃이나 별을 만들어 내는 것과 같잖아. 그가 등을 끄는 것은, 꽃이나 별을 잠재우는 거야. 이건 매우 멋진 직업이야. 이건 정말 멋지기 때문에 유익한 거야.'

그는 그 별에 도착했을 때 가로등지기에게 경의를 표하며 인사했다.

"좋은 아침. 왜 방금 가로등을 껐어?"

"그것이 수칙이야." 가로등지기가 대답했다. "좋은 아침."

"수칙이 뭐야?"

"내 가로등을 끈다는 거야. 좋은 밤."

그리고 그는 다시 켰다.

"그런데 왜 다시 켠 거야?"

"수칙이라니까." 가로등지기가 대답했다.

"이해할 수 없네." 어린 왕자가 말했다.

"이해해야 할 것은 아무것도 없어." 가로등지기가 말했다.

"수칙은 그냥 수칙인 거야. 좋은 아침."

그리고 그는 등을 껐다.

그러고 나서 붉은 격자무늬 손수건으로 이마를 닦았다.

"나는 여기서 끔찍한 일을 하고 있지. 한때는 합리적이었어. 아침이면 불을 껐고, 저녁이면 불을 켰어. 낮의 남은 시간은 휴식을 취했고, 밤의 남은 시간은 잠을 잤었지……."

나는 곤란한 일을 이어가고 있지.

"그때 이후 수칙이 바뀌었나?"

"수칙은 바뀌지 않았어." 가로등지기가 말했다. "그게 비극인 거야! 별은 해마다 점점 더 빨리 돌았고, 수칙은 바뀌지 않았던 거야!"

"그래서?" 어린 왕자가 물었다.

"그래서 이제 별은 매분마다 한 바퀴를 돌고, 나는 더 이상 한순간도 쉴 수 없는 거지. 일 분에 한 번씩 등을 켰다 꺼야 하니까!"

"그거 재밌다! 당신 별에서는 하루가 일 분이라니!"

"이건 결코 재미있는 일이 아니야." 가로등지기가 말했다. "우리가 함께 이야기하는 동안 벌써 한 달이 흘렀으니."

"한 달?"

"그래, 30분, 30일! 좋은 밤."

그리고 그는 자신의 등을 밝혔다.

어린 왕자는 그를 보면서 수칙에 그토록 충실한 이 가로등지기를 좋아하게 되었다. 그는 한때 혼자서 지는 해를 보기 위해 의자를 끌어당기던 일을 떠올렸다. 그는 자신의 친구를 돕고 싶었다.

"있잖아… 내가 당신이 원할 때면 쉴 수 있는 방법을 아는데……"

"나는 항상 원하지." 가로등지기가 말했다.

사람은 충실하면서 동시에 게으를 수 있기 때문이다.

어린 왕자가 계속했다.

"당신 별은 너무 작아서 세 걸음이면 한 바퀴를 돌 수 있어. 언제든 태양 안에 머물고 싶으면 단지 천천히 걷기만 하면 되는 거야. 쉬고 싶을 때 걷는 거야… 그러면 낮은 원하는 만큼 지속되겠지."

"그건 그리 보탬이 될 것 같지 않은데." 가로등지기가 말했다. "생활 하면서 내가 좋아하는 것은 잠자는 거거든."

"운이 없구나." 어린 왕자가 말했다.

"운이 없어." 가로등지기가 말했다. "좋은 아침."

그리고 그는 자신의 등을 껐다.

'이 사람은…' 어린 왕자는 먼 여행을 계속하면서 자신에게 말했다. '다른 사람들, 왕, 교만한 사람, 술꾼, 사업가 들로부터 무시당할지도 몰라. 그러나, 내게는 터무니없지 않은 유일한 사람이야. 아마도 그건, 자신보다 다른 것을 더 돌보기 때문일 거야.'

그는 아쉬움에 한숨을 쉬며 자신에게 다시 말했다.

'이 사람은 내가 친구 삼을 수 있는 유일한 사람이야. 하지만 그의 별은 정말 너무 작아. 둘이 있을 공간도 없으니……'

어린 왕자는 감히 털어놓지 못했지만, 무엇보다, 이 축복받은 별이 아쉬웠던 것은 24시간에 1440번 해가 지기 때문이었다!

15

 여섯 번째 별은 열 배나 더 큰 별이었다. 거기에는 방대한 책을 쓰고 있는 노신사가 살고 있었다.
 "여기다! 탐험가가 한 명 왔구나!" 어린 왕자를 발견한 그가 소리쳤다. 어린 왕자는 탁자 앞에 앉으며 옅은 숨을 몰아쉬었다. 그는 이미 많은 여행을 해왔던 것이다!

"어디서 오는 길이냐?" 노신사가 말했다.

"그 큰 책은 뭔가요?" 어린 왕자가 물었다. "여기서 무얼 하고 계세요?"

"나는 지리학자다." 노신사가 말했다.

"지리학자가 뭐예요?"

"바다와 강, 도시, 산, 그리고 사막이 어디에 있는지 아는 학자지."

"그거 정말 흥미로운데요." 어린 왕자가 말했다. "그거야말로 진짜 직업이네요!" 그리고 그는 지리학자의 별을 둘러보았다. 그는 아직까지 이처럼 위엄 있는 별을 본 적이 없었다.

"정말 아름다워요. 당신의 별 말이에요. 대양도 있나요?"

"알 수 없단다." 지리학자가 말했다.

"아! (어린 왕자는 실망했다.) 그러면 산은요?"

"알 수 없지." 지리학자가 말했다.

"그러면 마을과 강과 사막은요?"

"그 역시 알 수 없다." 지리학자가 말했다.

"그렇지만 당신은 지리학자잖아요!"

"그건 맞다." 지리학자가 말했다. "하지만 나는 탐험가는 아니지. 탐험가들이 정말 그립구나. 도시와 강과 산, 바다와 대양, 그리고 사막을 헤아리는 사람은 지리학자가 아니란다. 지리학자는 나돌아 다니기엔 너무 중요하지. 자신의 책상을 떠나지 못하는 거야. 하지만 탐험가들을 맞아들이지. 그들에게 묻고, 그들의 기억을 적는 거야. 그리고 만약 그들 가운데 누군가의 기억이 흥미로워 보이면, 지리학자는 그 탐험가의 도덕성을 조사한단다."

"그건 왜요?"

"왜냐하면 거짓말하는 탐험가는 지리학자의 책에 재앙을 초래하기 때문이다. 그리고 술을 너무 많이 마시는 탐험가도 그렇고."

"그건 왜요?" 어린 왕자가 물었다.

"왜냐하면 술꾼에게는 두 개로 보일 테니까. 그러면 지리학자는 단지 산이 하나 있는 곳을, 두 개로 적을 테니까 말이다."

"나도 한 사람을 알아요…" 어린 왕자가 말했다. "나쁜 탐험가가 될 수도 있었을 사람이요."

"그럴 수도 있겠지. 아무튼 그러니까, 탐험가의 품성이 선하게 여겨지면, 그의 발견의 사실 여부를 조사하는 거야."

"사람들이 보러 가나요?"

"아니다. 그건 너무 복잡하거든. 그 대신 탐험가에게 증거를 제시하도록 요청하지. 만약 예를 들어 큰 산에 대한 발견이라면, 그에게 큰 돌을 가져오도록 요청하는 게다."

지리학자는 갑자기 흥분했다.

"그러고 보니 네가, 멀리서 왔구나! 네가 탐험가다! 네 별을 내게 설명해 주겠니!"

그리고 지리학자는, 그의 기록부를 펼쳐 놓고, 자신의 연필을 깎았다. 사람들은 먼저 탐험가들의 이야기를 연필로 적는다. 잉크로 적을 만한, 탐험가가 제시할 증거를 기대하면서.

"그래서?" 지리학자가 물었다.

"아, 내 별은," 어린 왕자가 말했다. "크게 흥미롭진 않아요. 아주 작아요. 나는 세 개의 화산을 가지고 있어요. 두 개는 활화산이고, 하나는 사화산이에요. 하지만 누구도 절대 알 수 없죠."

"누구도 절대 알 수 없지." 지리학자가 말했다.

"나는 꽃 한 송이도 있어요."

"우리는 꽃은 기록하지 않는다." 지리학자가 말했다.

"그건 왜죠? 무엇보다 멋진데!"

"꽃들은 한시적이기 때문이야."

"'한시적'이라는 게 무슨 뜻인가요?"

"지리책은, 모든 책들 가운데 가장 값진 책이란다." 지리학자는 말했다. "그것은 결코 유행에 뒤지지 않는 거야. 산이 위치를 바꾸는 것은 매우 드문 일이지. 대양의 물이 말라 버리는 일도 매우 드문 일이고. 우리는 영원한 것들에 관해서만 기록하는 거야."

"하지만 사화산도 다시 깨어날 수 있잖아요." 어린 왕자가 말을 가로막았다. "'한시적'이라는 게 무슨 뜻이에요?"

"화산이 꺼져 있든 깨어 있든, 우리 같은 사람들에게는 같은 거란다." 지리학자가 말했다. "우리가 헤아리는 건, 산이란다. 그건 바뀌지 않으니까."

"하지만 '한시적'이라는 게 무슨 뜻인가요?" 살면서 한번 물은 질문을 절대 포기하는 법이 없는 어린 왕자가 다시 물었다.

"그건, '머지않아 사라질 우려가 있다'는 뜻이다."

"내 꽃이 머지않아 사라질 우려가 있다고요?"

"물론이지."

'내 꽃은 한시적이고,' 어린 왕자는 생각했다. '겨우 네 개의 가시로 세상에 맞서 자신을 지키고 있는 것이었구나! 나는 내 별에 그녀를 혼자 남겨 둔 것이고!'

이것이 그의 첫 번째 후회의 감정이었다. 하지만 그는 다시 용기를 회복했다.

"제가 어디를 찾아가는 게 좋을지 권해 줄 수 있나요?" 그가 물었다.

"지구별," 지리학자가 그에게 대답했다. "그곳은 평판이 좋지……."

그래서 어린 왕자는 자신의 꽃을 생각하며 떠났다.

16

따라서 일곱 번째 별이 지구였다.

지구는 평범한 별이 아니다! 111명의 왕(물론, 흑인 왕도 빼놓지 않았다), 7,000명의 지리학자, 90만 명의 사업가, 750만 명의 술꾼, 3억 1천 100만 명의 교만한 사람, 다시 말해 약 20억 명의 어른들이 살고 있다.

지구 면적의 개념을 여러분들에게 알려 주기 위해서, 나는 전기가 발명되기 이전 6대 주 전체에 462,511명의 가로등지기가 실제적인 군대처럼 유지되어야만 했다는 말을 해야 할 것 같다.

거리를 좀 두고 보면, 그것은 화려한 효과를 만들어 낸다. 이 군대의 움직임은 오페라 속 발레단의 그것처럼 질서정연하다. 먼저 뉴질랜드와 오스트레일리아 가로등지기가 들어온다. 이들은 자신들의 등에 불을 밝혀 놓은 뒤 잠을 자러 간다. 그러고 나서 차례대로 중국과 시베리아의 가로등지기들이 들어와 춤을 준다. 그러고 나서 그들 또한 무대 뒤로 사라진다. 그러고 나면 러시아와 인도의 가로등지기 차례가 돌아온다. 그다음에는 아프리카와 유럽, 다음은 남아메리카, 그 뒤에 북아메리카다. 그들은 등장하는 순서에 결코 실수하는 법이 없다. 그것은 장관을 이룬다.

오직, 북극의 유일한 가로등을 켜는 가로등지기와 남극의 유일한 가로등을 켜는 그의 동료는, 한가롭고 무사태평한 삶을 산다. 그들은 1년에 두 번만 일을 하면 되기 때문이다.

17

누구나 기지를 발휘하려다 보면, 약간의 거짓말을 하게 되는 수가 있다. 나는 가로등지기에 관한 이야기를 하면서 완벽하게 정직했던 것만은 아니다. 나는 그것에 대해 잘 모르는 이들에게 우리 별에 대한 인식을 잘못 전달할 위험이 있었다. 사람들은 지구에서 매우 작은 공간을 차지하고 있다. 만약 지구에 거주하는 20억 명 사람들이 모임을 갖듯, 조금 빽빽하게 선 채로 있게 하면, 길이 20마일, 넓이 20마일인 광장 하나에 넉넉히 들어갈 수 있을 것이다. 태평양의 가장 작은 섬 하나에 전 인류를 몰아넣을 수 있는 셈이다.

당연히 어른들은, 믿지 않을 것이다. 자기들이 많은 공간을 차지하고 있다고 생각한다. 자신들이 바오바브나무처럼 큰 비중을 차지하고 있을 거라고 생각한다. 그러니 그들에게 계산을 해 보라고 조언해 보면 좋을 것 같다. 그들은 숫자를 아주 좋아하니, 기뻐할 것이다. 하지만 당신의 시간을 그런 하찮은 일에 낭비하지 말길 바란다. 그것은 불필요한 일이니까. 나를 믿으라.

어린 왕자가, 지구에 닿았을 때, 사람이 한 명도 보이지 않는 것에 몹시 놀랐다. 별을 착각한 건 아닌지 두려워지기 시작했을 때, 달빛을 받은 고리 하나가 모래 속에서 움직였다.

"좋은 밤이네." 어린 왕자가 어찌되었건 말했다.

"좋은 밤이야." 뱀이 말했다.

"내가 떨어진 여기는 무슨 별이니?" 어린 왕자가 물었다.

"지구야. 아프리카지." 뱀이 대답했다.

"아!⋯ 그런데 지구엔 사람이 없나 보지?"

"여기는 사막이야. 사막엔 사람이 없어. 지구는 크단다." 뱀이 말했다.

어린 왕자는 돌 위에 앉아 하늘을 올려보았다.

"궁금하군⋯" 그가 말했다. "별들이 빛나는 건 누구든 언젠가 자신의 것을 찾을 수 있도록 하기 위해서가 아닐까. 내 별을 봐. 바로 우리 머리 위에 있어… 하지만 정말 멀구나!"

"아름답구나." 뱀이 물었다. "너는 무슨 일로 여기에 왔니?"

"꽃하고 문제가 생겼거든." 어린 왕자가 말했다.

"아!" 뱀이 말했다.

그리고 그들은 침묵에 빠져들었다.

"사람들은 어디 있어?" 마침내 어린 왕자가 다시 입을 열었다. "사막은 조금 외롭네."

"사람들 사이에서도 외롭지." 뱀이 말했다.

어린 왕자는 오랫동안 그를 바라봤다.

"너는 이상한 동물이구나." 마침내 그가 말했다. "손가락처럼 가늘고……"

"하지만 나는 왕의 손가락보다 더 강하지." 뱀이 말했다.

어린 왕자가 웃었다.

"넌 그렇게 강한 게 아냐… 심지어 발도 없잖아… 여행조차 못하잖아……"

"나는 어떤 배보다도 너를 멀리 데려갈 수 있어." 뱀이 말했다.

"너는 이상한 동물이구나." 마침내 그가 말했다. "손가락처럼 가늘고……"

그가 금팔찌처럼 어린 왕자의 발목을 휘감았다.

"누구든 내가 손대면, 자신이 생겨난 땅으로 돌아가는 거야." 그가 다시 말했다. "하지만 너는 순수하고, 또 별에서 왔으니까……."

어린 왕자는 아무 대답도 하지 않았다.

"너는 딱해 보여. 냉정한 이 지구에서는 너무 약해. 언제든 네가 만약 네 별이 너무나 그리워지면 너를 도울 수 있을 거야. 나는 할 수 있거든……."

"아! 아주 잘 이해했어." 어린 왕자가 말했다. "그런데 너는 왜 항상 수수께끼 같은 말을 하니?"

"나는 그것들 전부를 풀어낼 수 있거든." 뱀이 말했다.

그리고 그들은 침묵에 빠졌다.

18

어린 왕자는 사막을 가로질러 갔고 유일하게 꽃나무 하나를 만났다. 세 개의 잎을 가진, 어떤 특색도 없는 꽃나무…….
"안녕하세요."* 어린 왕자가 말했다.

"안녕하세요." 꽃나무가 말했다.

"사람들은 어디에 있나요?" 어린 왕자가 공손하게 물었다.

그 꽃은, 어느 날, 카라반* 한 무리가 지나는 걸 본 적이 있다.

"사람들이요? 내 생각엔, 예닐곱 명쯤 있긴 한 거 같아요. 몇 해 전에 그들을 보았어요. 하지만 어디서 그들을 찾을 수 있을지 아무도 모를 거예요. 바람이 그들을 몰고 다니거든요. 그들은 뿌리가 없어서, 무척 곤란을 겪고 있는 거예요."

"안녕히 계세요." 어린 왕자가 말했다.

"안녕히 가세요." 꽃나무가 말했다.

---

* 여기서 Bonjour를 '안녕하세요'라고 한 것은 아침인사가 아니라 오후 인사이기 때문이다. 그것을 구분하기 위해 생텍쥐페리는 그림을 그려넣은 것이다. 영어로는 good afternoon이 되어야 한다.
* caravane : 사막에서 주로 낙타를 이용해 교역을 일삼는 상인들의 무리.

19

어린 왕자는 높은 산으로 올라갔다. 그가 알고 있던 산들이라고 해야 그의 무릎 높이에 불과한 세 개의 화산이 전부였다. 그는 휴화산을 발판처럼 쓰곤 했었다. '이처럼 높은 산에 서라면…' 그는 생각했다. '별 전체와 모든 사람들을 한눈에 볼 수 있겠는데…….' 그러나 그는 매우 뾰족한 바위 꼭대기밖에는 볼 수 있는 게 없었다.

"좋은 하루." 그는 어찌 되었건 말했다.

"좋은 하루… 좋은 하루… 좋은 하루……." 메아리가 대답했다.

"당신들은 누구세요?" 어린 왕자가 말했다.

"당신들은 누구세요… 당신들은 누구세요… 당신들은 누구세요……." 메아리가 대답했다.*

"내 친구가 되어 줘요. 나는 혼자예요." 그가 말했다.

"나는 혼자예요… 나는 혼자예요… 나는 혼자예요……."
메아리가 대답했다.

'괴상한 별이네!' 그러고 나서 그는 생각했다. '전부 메마르고, 전부 날카롭고, 그리고 전부 가까이하기 힘들어. 또한 사람들이 상상력이 부족해. 그들은 자신들에게 한 말을 따라 하고 있어… 내 별에서 내가 가진 꽃은, 그녀는 항상 먼저 말을 걸었었는데…….'

20

그러나 어린 왕자는, 오랜 시간 사막과, 바위들과 눈들을 가로질러 걸은 끝에, 마침내 길 하나를 발견했다. 길들은 전부 사람들에게로 향했다.

"좋은 아침이네요." 그가 말했다.

그곳은 장미가 가득 피어 있는 정원이었다.

"좋은 아침이에요." 장미들이 말했다.

어린 왕자는 둘러보았다. 그네들은 모두 자신의 꽃을 닮아 있었다.

"당신들은 누구세요?" 그는 어안이 벙벙해져서 물었다.

"우리는 장미들이에요." 장미들이 말했다.

"아!" 어린 왕자는 소리를 냈다······.

그리하여 그는 몹시 불행하다고 느꼈다. 그의 꽃은 그에게 자신 같은 종류는 우주에서 하나뿐이라고 말했었다. 그런데

여기 단 하나의 정원에 비슷한 것이 전부 오천 개나 있다니!

'그녀는 무척 기분이 상할 거야.' 그는 자신에게 말했다. '만약 그녀가 보면… 엄청나게 기침을 하고 터무니없는 상황을 모면하기 위해 죽은 체할 테지. 그러면 나는 정말 어쩔 수 없이 마음을 써주는 체해야만 해. 왜냐하면, 안 그러면, 내게 창피를 주기 위해, 그녀는 자신을 정말 죽게 내버려 두려 할 테니 말야……'

그러고 나서 그는 다시 자신에게 말했다. '나는 세상에 하나밖에 없는 꽃이라고 부자라고 믿었던 거야. 단지 보통의 장미를 가졌던 건데. 보통의 장미 한 송이와 내 무릎만 한, 그중 하나는 영원히 죽었을 화산 세 개가 나를 훌륭한 왕자로 만들어 주는 건 아니었는데……' 그리고, 풀밭에 엎드려 울었다.

그리고, 풀밭에 엎드려 울었다.

21

여우가 나타난 것은 그때였다.

"좋은 아침." 여우가 말했다.

"좋은 아침이네요." 공손하게 대답한 어린 왕자가, 뒤를 돌아보았지만, 아무것도 보이지 않았다.

"나는 여기 있어." 목소리가 말했다. "사과나무 밑에."

"넌 누구야?" 어린 왕자가 말했다. "정말 멋지다……."

"나는 여우야." 여우가 말했다.

"나랑 같이 놀래?" 어린 왕자가 제안했다. "나는 많이 슬프거든……."

"나는 너랑 같이 놀 수 없어." 여우가 말했다. "나는 길들여지지 않았거든."

"아, 미안." 어린 왕자가 사과했다.

하지만, 깊이 생각한 후에, 그는 덧붙였다.

"'길들이다'가 무슨 뜻이야?"

"너 여기 사는 게 아니구나." 여우가 말했다. "너는 무엇을 찾고 있니?"

"나는 사람들을 찾고 있어." 어린 왕자가 말했다. "'길들이다'가 무슨 뜻이야?"

"사람들은, 총을 가지고 있고, 사냥을 해. 그건 정말 불쾌한 일이야!" 여우가 말했다. "그들은 또한 닭들을 키우지. 그게 그들의 유일한 수익이야. 너는 닭들을 찾고 있니?"

"아니야, 나는 친구를 찾고 있어." 어린 왕자가 말했다. "'길들이다'가 무슨 뜻이야?"

"그건 너무 잊었어," 여우가 말했다. "그건 '관계를 맺는다'라는 뜻이야."

"관계를 맺는다고?"

"물론이야," 여우가 말했다. "너는 아직 내게 수많은 작은 사내아이들처럼 한 작은 사내아이에 불과해. 그리고 나는 네가 필요하지 않아. 너 또한 내가 필요하지 않고. 나도 네게 수많은 여우들처럼 한 마리 여우에 지나지 않는 거야. 하지만, 만약 네가 나를 길들이면, 우리는 서로서로 필요하게 되는 거지. 너는 내게 세상에서 유일한 존재가 되는 거야. 나는 네게 세상에서 유일한 존재가 되는 거고……."

"이해하기 시작했어." 어린 왕자가 말했다. "꽃이 하나 있는데… 나는 그녀가 나를 길들인다고 생각했어……."

"가능한 일이지." 여우가 말했다. "우리는 지구에서 별의별 일을 다 보니까……."

"아! 지구가 아니야!" 어린 왕자가 말했다.

여우는 몹시 당황한 듯했다.

"다른 별이라고?"

"응."

"사냥꾼들이 있니, 이 별에서처럼?"

"아니."

"그거 흥미롭네! 그럼 닭들은?"

"없어."

"완벽한 건 아무것도 없지."

여우가 한숨을 쉬었다.

하지만 여우는 그의 생각으로 돌아왔다.

"내 생활은 단조롭지. 나는 닭들을 사냥하고, 사람들은 나를 사냥해. 모든 닭들이 닮았고, 모든 사람들이 닮았어. 그래서 좀 지루해. 하지만, 만약 네가 나를 길들인다면, 내 생활은 햇볕이 드는 것 같을 거야. 나는 모든 다른 이들이 내는 것과는 다른 발자국 소리를 알게 되는 거지. 다른 이들의 걸음은 나를 동굴로 되돌아가게 해. 네 것은 나를 동굴 밖으로 불러낼 거야, 음악 소리처럼. 그리고 봐! 저기 아래, 밀밭이 보이지? 나는 빵을 먹지 않아. 밀은 내게 아무 소용 없는 거야. 저 밀밭은 결코 나를 불러내지 못할 거야. 아무렇든, 슬픈 일이야! 하지만 너는 금빛 머리를 가졌어. 그러니까 네가 나를 길들이면 굉장한 일인 거야! 밀은, 금빛이니까, 내게 너를 떠올리게 할 거야. 나는 밀밭의 바람 소리도 좋아하게 되겠지……"

여우는 침묵하며 오랫동안 어린 왕자를 바라보았다.

"부탁인데… 나를 길들여 줄래!" 그가 말했다.

"나도 그러고 싶지만…" 어린 왕자가 대답했다. "나는 시간이 많지 않아. 나는 친구들을 찾아야 하고, 알아야 할 것도 너무 많아."

"길들인 게 아니면 알 수 없는 거야." 여우가 말했다.

"사람들은 더 이상 뭔가를 알기 위해 시간을 쓰지 않아. 그들은 가게에서 전부 만들어진 것들을 사지. 하지만 친구들을 파는 곳이 없는 것처럼, 사람들은 더 이상 친구를 가질 수 없어. 만약 네가 친구를 원한다면, 나를 길들이렴!"

"어떻게 하면 되는데?" 어린 왕자가 물었다.

"매우 참을성이 있어야 해." 여우가 대답했다. "너는 우선 나

"예를 들어, 만약 네가 오후 4시에 온다면,
나는 3시부터 행복해지기 시작하겠지."

로부터 조금 떨어져 앉아서, 그렇게, 풀밭에 있는 거지. 나는 너를 곁눈으로 바라보고, 너는 아무 말도 않는 거야. 말은 오해의 근원이니까. 하지만 너는 매일, 조금씩 가까이 와서 앉을 수 있는 거지……"

다음 날 어린 왕자가 돌아왔다.

"같은 시간에 돌아왔으면 더 좋았을 텐데…" 여우가 말했다. "예를 들어, 만약 네가 오후 4시에 온다면, 나는 3시부터 행복해지기 시작하겠지. 시간이 흐르면서 나는 더욱더 행복을 느낄 거야. 이미 4시에, 나는 불안해하면서 걱정할 거야. 나는 기쁨의 값을 치르는 거지! 하지만 만약 네가 되는대로 온다면, 나는 결코 마음으로 맞을 준비를 할 시간을 알지 못할 거야. 의례대로 해야 해."

"의례가 뭐야?" 어린 왕자가 물었다.

"그것 또한 얼마간 잊혀진 거야." 여우가 말했다. "그것은 다른 날과는 다른 하루, 다른 시간과는 다른 한 시간을 만드는 거지. 예를 들어, 나를 잡으려는 사냥꾼 집에도, 의례가 있어. 그들은 목요일이면 마을 아가씨들과 춤을 춰. 그래서 목요일은 내게 굉장한 날이야! 나는 포도밭까지 산책을 나가는 거지. 만약 사냥꾼들이 마음대로 춤을 춘다면, 나날이 전부 같을 테니, 나는 쉬는 날이 없게 될 거야."

그렇게해서 어린 왕자는 여우를 길들였다. 그리고 떠날 시간이 다가왔다.

"아!" 여우가 말했다… "나 울음이 나."

"그건 네 잘못이야." 어린 왕자가 말했다. "나는 네가 아프길 바라지 않았는데, 하지만 너는 내가 길들여 주길 바랐잖아…"

"물론이야." 여우가 말했다.

"하지만 넌 울고 있잖아!" 어린 왕자가 말했다.

"물론이야." 여우가 말했다.

"그렇게 넌 얻은 게 아무것도 없구나."

"밀 색깔 때문에 얻은 게 있지." 여우가 말했다.

그러고 나서 덧붙였다.

"장미들을 다시 보러 가. 너는 네 장미가 세상에서 유일하다는 것을 이해할 거야. 그리고 내게 돌아와서 안녕이라고 말해 줄래? 그러면 나는 네게 한 가지 비밀스러운 선물을 줄게."

어린 왕자는 장미들을 다시 보러 갔다.

"당신들은 내 장미와 조금도 닮지 않았어요. 아직 아무것도 아닌 거예요." 그는 말했다. "누구도 당신들을 길들이지 않았고, 당신들은 누구도 길들이지 않았어요. 당신들은 내 여우 같은 거예요. 그는 수많은 여우들을 닮은 한 여우에 지나지 않았죠. 하지만 나는 친구로 만들었고, 이제 세상에서 유일한 게 된 거예요."

그러자 장미들이 무척 불편해 했다.

"당신들은 아름다워요. 하지만 공허해요." 그는 다시 말했다. "누구도 당신들을 위해 죽어 줄 수는 없을 거예요. 물론, 보통 행인들은 내 장미가 당신들을 닮았다고 믿을 거예요. 하지만 하나뿐인 그것이 당신들 전부를 더한 거보다 내겐 더 소중해요. 내가 물을 주었던 게 그거니까요. 내가 유리구를 덮어 준 것이 그거니까요. 내가 바람막이 뒤로 피신시킨 것도, 내가 애벌레를 죽이게 한 것도 (나비가 되도록 두세 마리 남겨 둔 건 제외하고) 그거니까요. 내가 불평이나, 자랑을 들어준 것도, 혹은 가끔 침묵을 지켜 준 것도 그거니까요. 내 장미니까요."

그리고 그는 여우에게로 돌아왔다.

"안녕……." 그가 말했다.

"안녕." 여우가 말했다. "내 비밀은 말이야. 그건 아주 단순한 거야. 우리는 단지 마음으로만 볼 수 있어. 절대로 필요한 건 눈에 보이지 않지."

"절대로 필요한 건 눈에 보이지 않는다." 어린 왕자는 기억하기 위해서 되풀이했다.

"네 장미를 그렇게 소중하게 만든 것은 네 장미를 위해 네가 들인 시간이야."

"내 장미를 위해 내가 들인 시간이다." 어린 왕자는 기억하기 위해서 되풀이했다.

"사람들은 이 진실을 잊고 있어." 여우가 말했다. "그러나 너는 그것을 잊어서는 안 돼. 네가 길들인 것은 영원히 네 책임이 되는 거야. 너는 네 장미에 대해 책임이 있어……."

"나는 내 장미에 대해 책임이 있다……." 어린 왕자는 기억하기 위해서 되풀이했다.

22

"좋은 아침." 어린 왕자가 말했다.

"좋은 아침." 선로변경원이 말했다.

"당신 여기서 뭐 해?" 어린 왕자가 말했다.

"나는 여행객들을 분류하지, 천 명을 기준으로." 선로변경원이 말했다. "나는 그들을 태운 기차를 보내는 거야, 때로는 오른쪽으로 때로는 왼쪽으로."

그때 갑자기 환한 조명을 밝힌 특급열차 한 대가, 천둥소리 같은 우르릉 소리를 내며, 선로변경원의 통제소를 흔들었다.

"굉장히 급한 모양이네…" 어린 왕자가 말했다. "그들이 찾고 있는 게 뭘까?"

"그건 사실 기관사조차 모르지." 선로변경원이 말했다.

그때 갑자기, 반대 방향에서, 다음 특급열차가 요란한 소리를 냈다.

"그 사람들이 벌써 오는 거야?" 어린 왕자가 물었다.

"같은 게 아니야…" 선로변경원이 말했다. "교체하는 거지."

"자기들이 있던 곳이 만족스럽지 못했던 모양이지?"

"어디에 있든 결코 만족 못하지." 선로변경원이 말했다.

그리고 조명이 켜진 세 번째 특급열차가 천둥소리처럼 우르릉거렸다.

"저 사람들은 먼젓번 승객들을 뒤쫓아 가나 보지?" 어린 왕자가 물었다.

"아무것도 뒤쫓는 건 아니야." 선로변경원이 말했다. "그들은 거기서 잠을 자거나, 하품을 하고 있어. 단지 아이들만 창유리에 코를 박고 있을 테고."

"단지 아이들만 자신들이 찾는 게 뭔지 아는 거네." 어린 왕자가 말했다. "헝겊 인형을 위해 시간을 보내면서, 그게 정말 소중한 게 돼서, 누군가 빼앗으려 들면, 울면서 말야……"

"그들은 운이 좋구나." 선로변경원이 말했다.

23

"좋은 아침." 어린 왕자가 말했다.

"좋은 아침." 상인이 말했다.

그 사람은 갈증을 가라앉히는 완벽한 알약을 파는 상인이었다. 일주일에 한 알을 삼키면, 더 이상 물 마실 필요를 느끼지 않게 되는 것이다.

"당신은 왜 그것들을 파는 거야?" 어린 왕자가 물었다.

"시간을 많이 절약해 주거든." 상인이 말했다. "전문가들이 계산을 해봤거든. 일주일에 53분을 절약해 주지."

"그러면 그 53분을 어디에 써?"

"원하는 걸 하는 거지……"

'나라면…' 어린 왕자는 자신에게 말했다. '만약 53분이 주어지면, 나는 아주 천천히 샘을 향해 걸을 텐데……'

24

 우리는 엔진 고장으로 사막에서 8일째를 맞았고, 나는 비축해 둔 물의 마지막 한 방울을 마시면서 그 상인의 이야기를 들었다.

 "아!" 나는 어린 왕자에게 말했다. "정말 멋지구나, 네 기억들은. 하지만 나는 아직 내 비행기를 고치지 못했고, 더 이상 마실 게 전혀 없으니, 나 역시 만약 샘을 향해 아주 천천히 걸을 수 있다면, 정말 행복하겠는데!"

 "내 친구 여우는…" 그가 말했다.

 "꼬마 친구님, 더 이상 여우가 문제가 아니겠는데!"

 "왜?"

 "왜냐하면 우리는 갈증으로 죽게 될 테니까……"

 그는 내 이성적인 생각을 이해 못했는지, 내게 대답했다.

 "친구가 있다는 건 좋은 거야, 설령 우리가 죽는다 하더라도 말야. 나는, 정말 여우 친구를 가지고 있었던 게 기뻐……."

'위험을 가늠하지 못하는 거야.' 나는 생각했다. '결코 배가 고프거나 갈증이 나지 않는 거야. 약간의 햇볕이면 충분한 거지…….'

하지만 그는 나를 바라보고는, 내 생각에 대답했다.

"나도 목이 말라… 우물을 찾아봐……."

나는 피곤하다는 몸짓을 했다. 광대한 사막에서, 무작정 우물을 찾는다는 건 터무니없는 짓이었다. 그럼에도 불구하고 우리는 걷기에 이르렀다.

우리가 여러 시간을 걸었을 때, 정적 속에서 밤이 내려앉았고 별들이 빛을 발하기 시작했다. 나는 갈증으로 인해 약간의 미열을 가지고, 그것들을 꿈결처럼 얼핏 보았다. 어린 왕자의 말이 내 기억 속에서 춤을 췄다.

"그런데 정말 너도 목이 마른 거니?" 내가 물었다.

하지만 그는 내 질문에 답하지 않았다. 그는 간단히 말했다.

"물은 가슴에도 좋을 수 있잖아……."

나는 그의 대답을 이해할 수 없었지만 내색하지는 않았다.

의심의 여지가 없다는 것을 잘 알았던 것이다.

그는 지쳐 있었다. 그가 앉았다. 나는 그의 옆에 앉았다. 그리고, 정적 후에, 그가 다시 말했다.

"별들이 아름다운 건, 우리가 볼 수 없는 어떤 꽃 때문일 거야……."

나는 "물론이지"라고 대답하고는 말없이, 달빛 아래 놓인 모래 능선을 보았다.

"사막은 아름다워." 그는 덧붙였다…….

그것은 사실이었다. 나는 언제나 사막을 사랑했다. 모래언덕에 앉으면 아무것도 보이지 않는다. 어떤 것도 들을 수 없다. 그렇지만 정적 속에서 빛나는 무언가가 있다.

"사막이 아름다운 건," 어린 왕자가 말했다. "어딘가에 우물을 숨기고 있어서야……."

나는 모래밭의 이 신비스러운 광채를 갑작스레 깨닫고는 놀라지 않을 수 없었다. 어린 소년이었을 때 나는 오래된 집에 살았고, 거기에 보물이 묻혀 있다는 전설이 있었다. 물론, 그것을 찾을 수 있는 사람은 아무도 없었다. 또한 찾으려는 사람조차 없었을 것이다. 그러나 이 모든 것이 그 집을 신비롭게 만들었다. 내 집은 가슴속 깊이 비밀을 숨기고 있었던 것이다.

"그래", 나는 어린 왕자에게 말했다. "집이건, 별이건, 사막이건 그것들을 아름답게 하는 것은 눈에 보이지 않지!"

"나는 기뻐," 그가 말했다. "당신이 내 친구 여우와 의견이 같아서."

어린 왕자가 잠들었으므로, 나는 그를 내 팔에 안고 다시 길을 떠났다. 나는 감동했다. 그것은 내게 부서지기 쉬운 보물을 들고 있는 것같이 여겨졌다. 지구상에 그보다 더 부서지기 쉬운 것은 없을 것 같았다. 나는 달빛 속에서, 그의 창백한 얼굴과 감긴 눈, 바람에 흔들리는 머리칼을 보았다. 그리고 나는 생각했다. '내가 보고 있는 이건 하나의 껍질일 거야. 가장 소중한 건 눈에 보이지 않아……'

그의 반쯤 열린 입술이 살짝 미소 지을 때까지 나는 여전히 생각했다. '이 잠든 어린 왕자가 이렇듯 강하게 나를 감동시키는 것은 한 송이 꽃에 대한 그의 변함없는 사랑 때문일 거야. 등불의 불꽃처럼 그를 빛나게 하는 것도 한 송이 장미의 형상 때문일 거야. 심지어 그가 잠들었을 때조차…….' 그리고 나는 그것이 여전히 더 부서지기 쉬울 거라고 짐작했다. 등불은 잘 지켜야만 한다. 한 번의 바람에도 꺼져 버릴 수 있을 테니…….

그리고, 그렇게 걷다가, 나는 새벽에 그 우물을 발견했다.

25

"사람들은, 고속열차에 서둘러 오르지만, 자신들이 무얼 찾고 있는 건지 더 이상 알지 못해." 어린 왕자가 말했다. "그래서 그들은 불안해하고 돌면서 왔다 갔다 하는 거야……."

그리고 그는 덧붙였다.

"그렇게 애쓸 필요 없을 텐데……."

우리가 다다랐던 우물은 사하라사막의 우물처럼 보이지 않았다. 사하라사막의 우물들은 모래에 파인 단순한 구덩이였다. 이것은 한 마을의 우물처럼 보였다. 하지만 거기에 마을은 없었으므로, 나는 꿈을 꾸고 있는 게 아닌가 생각했다.

"이상하네…" 어린 왕자에게 내가 말했다. "모든 게 준비되어 있어. 도르래, 두레박, 그리고 밧줄까지……."

그는 웃었고, 밧줄을 만져 보고는, 도르래를 작동시켰다. 그러자 도르래가 오래도록 바람이 없어 잠들어 있던 낡은 풍

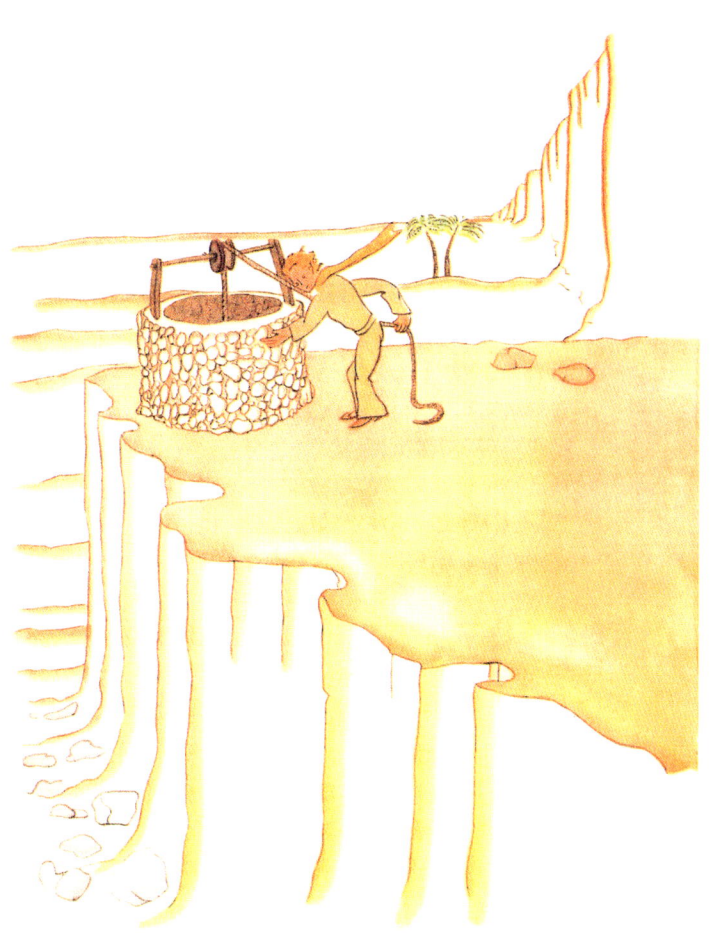

그는 웃었고, 밧줄을 만져 보고는, 도르래를 작동시켰다.

향게 같은 신음소리를 냈다.

"들어 봐." 어린 왕자가 말했다. "우리가 이 우물을 깨웠고 그가 노래를 해……."

나는 그가 힘들이는 걸 원치 않았다.

"그걸 내게 줘…" 그에게 내가 말했다. "그건 네게 너무 무거워."

천천히 나는 두레박을 테두리 돌 위로 끌어 올렸다. 나는 균형을 잘 유지했다. 귓속에서 도르래의 노랫소리가 지속되었고, 아직도 흔들리는 물 위로, 태양이 흔들리는 것이 보였다.

"목이 말라…" 어린 왕자가 말했다. "마시게 해줘……."

그리하여 나는 그가 찾고자 했던 것을 이해했던 셈이다!

나는 그의 입술까지 두레박을 들어 올렸다. 그는 눈을 감은 채 마셨다. 그것은 하나의 축제처럼 감미로웠다. 그 물은 다른 어떤 음식보다 맛난 것이었다. 그것은 별 밑을 걸어와서, 내 팔의 수고로, 도르래를 노래하게 하여 생겨난 것이었다. 그것은 가슴에도 선물처럼 좋은 것이었다. 내가 작은 소년이었을 때, 크리스마스트리의 화려한 조명과 자정 미사의 음악,

내가 받은 빛나던 크리스마스 선물 전부가 웃음을 불러일으켰다.

"당신 별의 사람들은," 어린 왕자가 말했다. "한 정원에 오천 송이 장미를 키우면서도… 자기들이 찾고자 하는 것을 발견하지 못해……."

"그들은 찾지 못하지." 나는 대답했다.

"아무리 그렇더라도 자신들이 찾고 있는 것을 장미 한 송이나 약간의 물에서도 찾을 수 있을 텐데……."

"물론이야." 내가 대답했다.

그리고 어린 왕자가 덧붙였다.

"하지만 눈으로는 보이지 않아. 마음으로 찾아야만 해."

나는 물을 마셨다. 숨쉬기가 편해졌다. 새벽이면, 사막은 벌꿀 색이 된다. 나는 단지 이 벌꿀 색만으로도 행복했다. 나는 왜 괴로워했던 걸까…….

"당신은 약속을 지켜야만 해." 어린 왕자가 내 옆에 앉으며, 내게 재차 부드럽게 말했다.

"무슨 약속?"

"있잖아… 내 양을 위한 부리망… 나는 그 꽃을 책임져야 하거든!"

나는 호주머니에서 대강 그린 내 그림들을 꺼냈다.

어린 왕자는 그것을 흘끔 보고는 웃으면서 말했다.

"당신 바오바브나무는, 양배추를 조금 닮았네……."

"아!"

나는 그 바오바브나무 그림을 무척 자랑스러워했건만!

"당신 여우는… 귀들이… 뿔처럼 보여… 그리고 너무 길어!"

그는 여전히 웃었다.

"정당하지 않아, 꼬마 친구. 나는 보아뱀의 안쪽과 바깥쪽 말고는 어떤 것도 그릴 줄 모른다고 말했을 텐데."

"아, 괜찮아," 그가 말했다. "아이들은 알아보거든."

나는 그래서 부리망 하나를 그렸다. 그리고 나는 그에게 그것을 주면서 가슴이 죄어 왔다.

"너는 내가 모르는 계획을 가지고 있구나……."

하지만 그는 내게 대답하지 않았다. 그가 내게 말했다.

"있잖아. 내가 지구로 떨어진 게… 내일이면 일 년째야……."

그러고 나서, 잠시 침묵한 후에 다시 말했다.

"나는 거의 이 근방에 떨어졌었어……."

그리고는 얼굴을 붉혔다.

그리고 재차, 왜 그런지 이해할 수는 없었지만, 나는 이상한 슬픔을 느꼈다. 그렇지만 하나의 의문이 생겼다.

"그러면 그건 우연히 아니었구나. 한 주 전 그날 아침 내가 너를 발견한 건. 너는 그처럼 여느 거주지로부터 천 마일이나 떨어진 그곳을, 단지 혼자 걷고 있던 거였어! 너는 네가 하늘에서 떨어진 그 지점으로 돌아가려던 거였니?"

어린 왕자는 다시 얼굴을 붉혔다.

그리고 나는 주저하며 덧붙였다.

"그러니까, 그건 아마 일 년째가 되기 때문일 테고?"

어린 왕자는 다시 얼굴을 붉혔다. 그는 결코 물음에 답하지 않았다. 그렇지만, 얼굴을 붉힌다는 것은 '그렇다'는 뜻이 아닌가?

"아!" 내가 말했다. "나는 두렵구나……."

하지만 그는 대답했다.

"당신은 이제 일해야 하잖아. 당신의 기계로 돌아가야만 해. 나는 여기서 당신을 기다리고 있을게. 내일 저녁에 돌아와……."

하지만 나는 마음이 놓이지 않았다. 나는 여우를 떠올렸다. 우리는 스스로 길들여지기 위해서라면 얼마간 울어야 할 위험을 무릅써야 하는 것일지도 몰랐다…….

26

 거기, 우물 옆에는, 오래된 돌담의 잔해 하나가 있었다. 다음 날 저녁, 수리 작업을 마치고 돌아왔을 때, 나는 조금 떨어진 곳에서 어린 왕자가 거기에 다리를 늘어뜨리고 앉아 있는 것을 보았다. 그리고 그가 하는 말을 들었다.

 "그러면 기억나지 않는 거야?" 그가 말했다. "이곳은 정확한 지점이 아냐!"

 어떤 다른 목소리가 그에게 틀림없이, 반박하며 대답했다.

 "알아! 안다구! 날짜는 맞지만, 위치는 여기가 아니었어······."

 나는 담을 향해 계속해서 걸었다. 여전히 나는 아무것도 보거나 듣지 못했다. 어린 왕자가 다시 한번 말했다.

 "···물론이야. 모래에서 내 발자국이 시작된 곳을 볼 수 있을 거야. 그곳에서 날 기다리고 있기만 하면 돼. 내가 오늘 밤

거기로 갈 테니까……."

나는 그 담으로부터 20미터쯤 떨어져 있었고 여전히 아무 것도 볼 수 없었다.

어린 왕자가 침묵 후에 다시 말했다.

"너는 좋은 독을 가지고 있지? 오랫동안 날 괴롭게 하지 않을 걸 확신하지?"

나는 가슴이 죄어 와서 멈추었지만, 여전히 이해하지 못했다.

"이제 가 봐." 그가 말했다… "나는 다시 내려가고 싶어!"

그때 나는 담 밑을 내려다보게 되었고, 소스라치게 놀라고 말았다! 거기에는, 30초면 누구라도 죽일 수 있는 노란 뱀 한 마리가, 어린 왕자를 향해 몸을 곧추세우고 있었다. 호주머니 속 권총을 찾으면서, 나는 내달렸다. 하지만 내가 낸 소음에, 뱀은 사라지는 배수관의 물처럼, 그리고, 크게 서두름 없이, 가벼운 쇳소리를 내면서 돌 틈 사이로 슬그머니 사라져 버렸다.

나는 눈처럼 창백해진, 내 작은 왕자를 팔로 안을 수 있을 만큼 때맞춰 담에 이를 수 있었다.

"이제 가 봐," 그가 말했다… "나는 다시 내려가고 싶어!"

"도대체 그 이야기는 뭐였니! 네가 지금 뱀과 함께 한 얘기 말이야!"

나는 영원할 것 같은 그의 금색 머플러를 풀어 헤쳤다. 그의 관자놀이를 적시고, 물을 먹였다. 이제 나는 감히 더 이상 물을 수 없었다. 그는 나를 엄숙하게 바라보았고 팔로 내 목을 감았다. 나는 총에 맞아 죽어 가는 새의 가슴처럼 뛰는 그의 가슴을 느꼈다. 그는 내게 말했다.

"나는 당신이 엔진 결함을 찾아내서 기뻐. 당신도 집으로 돌아갈 테지……."

"어떻게 알았어!"

예상과 달리, 나는 작업에 성공했다고 막 알려 줄 참이었던 것이다!

그는 내 물음에는 답하지 않았지만, 덧붙여 말했다.

"나 역시, 오늘, 집으로 돌아가……."

그러고는 쓸쓸하게,

"그건 훨씬 더 멀고… 훨씬 어려운 일이야……."

나는 무언가 놀라운 일이 일어나고 있다는 걸 느꼈다. 나는 그를 어린아이처럼 두 팔로 꼭 끌어안았지만, 그는 내가 잡을 수 없는 구렁텅이로 곧장 가라앉고 있는 것처럼 여겨졌다……

그의 진지한 눈길은 아득히 먼 곳을 헤매고 있었다.

"나는 당신의 양을 가지고 있어. 그리고 양을 위한 상자도, 또 부리망도……"

그리고 그는 쓸쓸하게 웃었다.

나는 오랫동안 기다렸다. 그가 서서히 온기를 되찾는 게 느껴졌다.

"꼬마 친구, 너는 두려웠었구나……"

그는 물론 두려웠을 테다! 그러나 그는 부드럽게 웃었다.

"나는 오늘 밤에 훨씬 더 두려울 거야……"

나는 다시 돌이킬 수 없다는 느낌에 얼어붙는 듯했다. 더 이상 그 웃음소리를 들을 수 없다는 생각에 견딜 수 없으리라는 것을 알았다. 그것은 내게 있어 사막에 있는 하나의 샘 같은 것이었다.

"꼬마 친구, 나는 여전히 네 웃음소리가 듣고 싶어……"

하지만 그는 내게 말했다.

"오늘 밤, 일 년째가 돼. 내 별이 작년에 내가 떨어졌던 곳 바로 위에서 비추고 있을 거야……."

"꼬마 친구, 만날 약속과 별에 관한 그 뱀의 이야기는 단지 나쁜 꿈이 아니었을까……."

그러나 그는 내 물음에 대답하지 않았다. 그는 내게 말했다.

"중요한 건, 보이지 않아……."

"물론이야……."

"그 꽃처럼 말이야. 만약 당신이 어떤 별에서 찾아낸 꽃 한 송이를 좋아하게 되면, 밤에, 하늘을 바라보는 것이 달콤할 거야. 모든 별에 꽃이 피어 있는 것 같을 테니까."

"물론이지……."

"그 물처럼 말이야. 당신이 내게 마시게 해준 물은 음악 같았어. 그 도르래와 밧줄 때문이지… 기억하지… 그게 얼마나 좋았는지."

"물론이야……."

"밤에 별들이 보일 거야. 내 별이 어디에 있는 건지 당신에게 보여 주기엔 너무 작아. 그래서 더 좋은 거야. 내 별이, 당신을 위해 여러 별들 가운데 하나로 존재하게 되는 거니까. 그래서 모든 별들이, 그것처럼 보여서 당신은 좋아하게 될 거야… 그들 전부가 당신의 친구가 될 테니까. 그러니 내가 당신에게 선물을 준 셈이지……."

그는 여전히 웃었다.

"아! 꼬마 친구, 나는 그 웃음소리를 듣는 게 좋아!"

"바로 그게 내 선물이 될 거야… 물처럼 말이야……."

"그건 무슨 소리니?"

"사람들은 같은 이유로 별을 보는 게 아니야. 여행자로서 어떤 이들에겐, 별은 안내서지. 하지만 다른 어떤 이들에게는, 작은 불빛에 지나지 않아. 다른 이들, 학식이 있는 사람들에게는, 그건 풀어야 할 숙제인 거지. 내가 아는 사업가에게 그건 금덩이였어. 하지만 저 모든 별들이 내색하지 않고 있는 거야. 당신은 누구도 갖지 못한 별들을 갖게 되는 거야……."

"그건 무슨 소리니?"

"당신이 밤에, 하늘을 바라볼 때, 내가 그 별들 가운데 하나에 머물러 있기 때문이야. 그 가운데 하나에서 내가 웃고 있기 때문이야. 그때 당신에게는 마치 모든 별들이 웃고 있는 것 같을 테니까. 그러니까, 당신은 웃고 있다는 걸 아는 별을 갖게 되는 셈이야!"

그리고 그는 여전히 웃었다.

"그리고 당신이 위로받을 때 (누구나 항상 위로받아) 당신은 나를 알았다는 게 행복할 거야. 당신은 언제나 내 친구일 거야. 당신은 나와 함께 웃고 싶어질 테지. 그러면 당신은 때때로 창문을 열고, 즐거워하며, 그처럼 웃을 테지… 그리고 당신의 친구들은 하늘을 바라보며 웃고 있는 당신을 보면서 깜짝 놀랄 테고. 그러면 당신은 그들에게 말할 테지. '그래, 별들은 언제나 나를 웃게 만든다네!' 그러면 그들은 당신이 미쳤다고 생각할 거야. 나는 당신에게 몹쓸 장난을 치게 되는 셈이네……"

그리고 그는 여전히 웃었다.

"이건 마치 당신에게 별 대신에 웃을 수 있는 작은 방울들을 준 거나 마찬가지네……"

그리고 그는 여전히 웃었다. 그러고는 다시 진지해졌다.

"오늘 밤… 있잖아… 오지 마."

"나는 너를 떠나지 않을 거야."

"나는 아파 보일 거야… 거의 죽어 가는 것 같을 거야. 그럴 거야. 그것을 보러 오지 마. 그렇게 애쓸 필요 없잖아……"

"나는 너를 떠나지 않을 거야."

하지만 그는 걱정스러워했다.

"내가 당신에게 말하고자 하는 건… 역시 뱀 때문이기도 해. 그것이 당신을 물지 못하게 해야만 해… 뱀들은 심술궂어. 장난삼아 물 수도 있어……"

"나는 너를 떠나지 않을 거야."

하지만 무언가가 그를 안심시켰다.

"하긴 두 번째 물 때는 더 이상 독이 없지……"

그날 밤 나는 떠나는 그를 보지 못했다. 그는 소리 없이 달아난 것이다. 내가 그를 따라잡았을 때 그는 작정한 듯 빠른 속도로 걷고 있었다. 그는 단지 이렇게 말했다.

"아! 당신……"

그는 내 손을 잡았다. 하지만 그는 여전히 몹시 걱정했다.

"당신은 잘못한 거야. 당신은 괴로울 거야. 내가 죽고 있는 것처럼 보일 테고 그건 사실이 아니야……."

나는 침묵을 지켰다.

"이해할 거야. 거긴 너무 멀거든. 나는 이 몸을 가져갈 수 없어. 너무 무겁거든."

나는 침묵을 지켰다.

"하지만 그것은 낡아서 버려진 껍질 같은 거야. 낡은 껍질이 슬플 건 없잖아……."

나는 침묵을 지켰다.

그는 약간 의기소침해졌다. 그러나 그는 여전히 애썼다.

"이건 매력적인 일이야. 알잖아. 나 역시 별들을 볼 거야. 모든 별들이 도르래가 달린 우물이 되어 줄 거야. 모든 별들이 내가 마실 수 있게 부어 줄 거야……."

나는 침묵을 지켰다.

"너무 재미있지 않아! 당신은 오억 개의 방울을 갖게 되고, 나는 오억 개의 샘을 갖게 될 테니……."

그리고 그 역시 침묵했는데, 울고 있었기 때문이다…….

"바로 여기야. 나 혼자 가게 해줘."

그리고 그는 주저앉았다. 두려웠던 것이다.

그가 여전히 말했다.

"있잖아… 내 꽃 말이야… 나는 책임이 있어! 그리고 그녀는 너무 약해! 너무 순진해. 그녀는 네 개의 가시 말고 세상에 맞서 자신을 지켜 줄 거라고는 아무것도 없는 거야……."

나는 주저앉았다. 더 이상 서 있을 수가 없었기 때문이다. 그가 말했다.

"그래, 그게 전부야……"

그는 여전히 조금 주저했고, 그러고는 일어섰다. 그는 한 걸음을 옮겼다. 나는 결코 움직일 수가 없었다.

그의 발목 가까이에서 노란빛이 반짝했을 뿐이었다. 일순간 아무 움직임이 없었다. 그는 소리치지 않았다. 나무가 쓰러지는 것처럼 부드럽게 쓰러졌다. 모래 때문에, 심지어 아무 소리도 나지 않았다.

27

그리고 이제, 물론, 이미 6년이 흘렀지만… 나는 여전히 이 이야기를 떠벌린 적이 결코 없다. 나를 다시 만난 동료들은 살아 있는 나를 만난 것에 대해 무척 흡족해 했다. 나는 슬펐지만, 그들에게 말했다. "그건 힘든 일이었어……."

이제 나는 얼마간 마음이 편안해졌다. 다시 말해… 완전히는 아니라는 이야기이다. 하지만 나는 그가 그의 별로 돌아갔다는 걸 안다. 왜냐하면, 해돋이에, 나는 그의 시신을 찾을 수 없었기 때문이다. 그렇게 무거운 육체가 아니었던 것이다. 그리고 나는 밤에 별들의 소리를 듣는 것을 좋아한다. 그것은 오억 개의 방울과 같으니 말이다…….

하지만 여기서 무언가 특별한 일이 발생했다. 내가 어린 왕자를 위해 그려 준 부리망에, 가죽끈을 달아 주는 걸 잊었던 것이다! 그는 결코 그 양에게 끈을 매 줄 수 없었을 것이다. 그래서 나는 스스로에게 묻는다. '그의 별에 무슨 일이 일어난 것은 아닐까? 혹시 양이 꽃을 먹어 버린 건 아닐까……'

때때로 나는 내게 말한다. "절대 그럴 리 없어! 어린 왕자는 밤마다 꽃을 유리구 아래 넣어 두고, 양을 잘 지켜보니까……" 그때 나는 행복하다. 모든 별들이 조용히 웃고 있기 때문이다.

때때로 나는 내게 말한다. "누구나 한두 번은 방심할 수 있고, 그것으로 충분한 거야! 어느 날 저녁, 유리구를 씌우는 걸 잊어버리거나, 아니면 그 양이 밤중에 소리 없이 밖으로 나간다면……" 그때는 모든 방울들이 눈물로 바뀌는 것이다.

이것은 거대한 미스터리이다. 역시 어린 왕자를 좋아하는 여러분에게나, 나에게나, 만약 어디에선가, 우리가 알지 못하는 어디에선가, 우리가 모르는 어떤 양이, 장미 한 송이를 먹었는지 안먹었는지 만으로도 우주가 달라지는 것이 되는 셈이니 말이다…….

하늘을 보라. 당신 자신에게 물어보라. '양이 그 꽃을 먹었을까, 안 먹었을까?' 그러면 모든 게 얼마나 바뀌는지 알게 될

그는 나무가 쓰러지는 것처럼 부드럽게 쓰러졌다.

것이다…….

 그리고 어떤 어른도 그것이 그렇게 중요하다는 것을 이해하지 못할 것이다!

내게 이것은, 세상에서 가장 아름답고 가장 슬픈 풍경입니다. 이것은 앞 페이지와 같은 풍경이지만, 저는 여러분에게 더 잘 보여 주기 위해 다시 한번 그려 보았습니다. 여기가 어린 왕자가 지상에 나타났다가 사라진 곳입니다.

만약 여러분이 어느 날 아프리카 사막을 여행한다면, 그것을 확실하게 알아볼 수 있도록 이 풍경을 주의 깊게 보아 주세요. 그리고, 만약 그곳을 지난다면, 부탁하건대, 서두르지 말고, 그 별 밑에서 잠깐 머물러 주세요! 만약 그때 한 아이가 다가온다면, 만약 그가 웃고 있다면, 만약 금색 머리칼을 가졌다면, 만약 물음에 대답을 하지 않는다면, 당신은 그가 누구인지 짐작할 수 있을 거예요. 그때는 친절을 베풀어 주세요! 나를 너무 슬프게 내버려 두지 말아 주세요, 그가 돌아왔다고 내게 빨리 편지를 써 주시길…….

생텍쥐페리는 누구인가?

2015년은 〈어린 왕자〉를 비롯하여 생텍쥐페리의 모든 작품들이 퍼블릭 도메인, 즉 인류 모두의 재산이 된 해였다. 1943년에 미국에서 처음 출간된 〈어린 왕자〉는 세계 275개 이상의 언어로 번역되어 지금까지 2억 부 이상이 판매된 것으로 추산되고 있다. 이는 단행본으로는 성경 다음으로 많이 팔린 책에 해당한다.

우리가 흔히 생텍쥐페리라고 알고 있는 그의 정식 이름은 앙투안 마리 장바티스트 로제 드 생텍쥐페리Antoine Marie Jean-Baptiste Roger de Saint-Exupéry다. 생텍쥐페리는 1900년 6월 29일, 프랑스 리옹의 귀족 가문에서 2남 3녀 중 셋째로 태어났다.

비행사로서의 생텍쥐페리

생텍쥐페리는 비행사로서의 자신을 무척 사랑했던 사람이었다. 그의 첫 비행은 12살이 되던 해, 조종사 베드린이 모는 비행기를 탄 것이다. 이후로 비행은 생텍쥐페리의 삶이 되었다.

생텍쥐페리는 1921년에 프랑스 공군 전투비행단 제2연대에 소집되었다. 하지만 배치된 곳은 정비 계통이었다. 그러자 생텍쥐페리는 군이 아닌 민간에서 개인 비행 레슨을 받아 군용기 조종 면허를 딴 후 공군 비행사로 보직을 변경했다.

소집 해제가 된 1923년 이후에는 잠시 자동차 회사에서 일했지만, 곧 라테고에르 항공 회사에 입사하여 툴루즈-카사블랑카-다카르 항로 정기 우편비행사로 근무했다. 1929년에는 부에노스 아이레스에서 아에로 포스탈의 아르헨티나 우편 항공회사 영업 부장으로 근무했고, 1933년에는 다시 라테고에르 항공 회사의 시험비행사로 일했다.

이 무렵 생텍쥐페리에게 수많은 비행 사고가 일어난다. 1933년에 생 라파엘 만에서 수상기를 시험하는 중에 사고를 일으켜 구사일생으로 살아나는가 하면, 1934년에 에어프랑스 사에 입사한 뒤 이듬해에 파리-사이공 간 비행 기록을 세우기 위해 이집트 상공을 비행하던 중 리비아사막에 불시착해 정비사 프레보와 함께 5일 동안 걸어가다가 상인들에게 극적으로 구조되기도 했다. 게다가 1938년에는 과테말라에서 추락 사고를 당해 심각한 부상을 입었다.

그럼에도 그는 부상에서 회복한 뒤 다시 조종간을 잡았다. 바로 1943년 제2차 세계대전 기간 중 미군 지휘 하의 알제리 정찰 비행단에 재편입을 시도한 것이었다. 생텍쥐페리는 이미 전투기 조종사로서는 나이가 많아 지원할 수 없었지만, 지중해 지구 공군 총사령관에 청원해 단 5회만 출격한다는 조건으로 사르데냐 정찰 비행단에 복귀했다. 그야말로 비행을 향한 불굴의 의지라고 할 수 있을 것이다. 그리고 1944년 7월 31일, 생텍쥐페리는 그로노블-안시 지역으로 마지막 정찰 비행을 떠난 뒤 자신의 비행기와 함께 실종되었다.

생텍쥐페리의 비행기 잔해는 1998년, 마르세유 앞바다에서 어느 어부의 저인망 그물에 걸려 발견되었다. 비행기의 잔해와 함께 그의 은색 군번줄도 발견되었다. 군번줄에는 생텍쥐페리의 이름과 함께 부인인 콘수엘로 순신의 이름이 새겨져 있었다. 그리고 지난 2008년에는 조종사였던 한 독일인이 생텍쥐페리를 격추시킨 것이 자신이라고 증언했다. 툴롱 부근 상공을 날고 있을 때 마르세유 쪽을 향하는 미군 라이트닝 전투기의 날개를 쏘아 맞혔다는 것이었다. 그 독일인은 자신이 생텍쥐페리의 작품을 읽은 팬이었으며, 그가 타고 있는 것을 알았다면 격추시키지 않았을 것이라고도 말했다. 이로써 생텍쥐페리의 죽음에 얽힌 미스터리가 어느 정도 밝혀진 셈이었다.

하지만 비행기 잔해나 군번줄은 단지 껍데기일 뿐이고, 생텍쥐페리는 그의 비행기와 함께 자신의 행성으로 돌아갔을 것이라고 말해지곤 한다.

소설가로서의 생텍쥐페리

생텍쥐페리는 1915년 빌라 생 장 학원의 기숙생이 되었을 때 발자크, 보들레르, 도스토옙스키 등의 작품을 읽었다고 한다. 그리고 공군에서 소집이 해제된 뒤, 잠시 자동차 회사에서 일할 때 앙드레 지드, 장 프레보와 사귀고, 발레리와 지로두 등의 작품을 읽었다. 그리고 이 시기에 '르 나비르 다르장'지에 단편 〈비행사〉를 발표한다.

생텍쥐페리가 출간한 첫 장편소설은 1929년 부에노스 아이레스에서 근무하던 시기에 〈비행사〉를 개작하여 쓴 〈남방 우편기〉이다. 두 번째 소설은 1931년에 발표한 〈야간 비행〉이다. 생텍쥐페리는 이 소설로 페미나 상을 수상했다. 이후 1939년에 발표한 〈인간의 대지〉는 아카데미 프랑세즈 소설 대상을 수상했으며, 이 소설은 같은 해 미국에서 번역·출간되어 베스트셀러가 되었다.

생텍쥐페리는 1940년 나치 독일에 의해 프랑스 북부가 점령되자, 유대인 친구인 레옹 베르트의 권유에 따라 미국으로 망명했다. 〈어린 왕자〉는 바로 생텍쥐페리의 미국 생활 시절에 쓰인 작품이다. 생텍쥐페리는 뉴욕에 3년간 머물면서 센트럴파크 사우스와 유엔 본부 인근 비크만 플레이스, 실비아 해밀턴의 아파트, 그리고 롱아일랜드 노스쇼어의 아쇼로켄에 별장을 빌려 부인과 함께 머물며 〈어린 왕자〉의 초고를 쓰고 그림도 그렸다. 그리고 1943년 프랑스로 돌아가기 전, 기자이자 친구였던 실비아 해밀턴에게 초고와 그림을 건네주었다.

생텍쥐페리가 건네준 초고에는 커피 자국과 함께 담뱃불에 탄 흔적이 남아 있어 담배쟁이에다 커피광이었던 생텍쥐페리의 집필 활동을 짐작할 수 있게 한다. 그는 작품을 쓸 때는, 물론 손으로 쓰기도 했지만 녹음기에다 육성을 녹음하고, 이를 자신 또는 비서가 타이핑하는 방식으로 초고를 작성하기도 했다. 이로 인해 육필 원고로 받아 작업한 미국판 〈어린 왕자〉와 타이핑된 원고를 받아 작업한 프랑스판 〈어린 왕자〉의 텍스트 일부가 달라지는 일이 발생하기도 하였다.

생텍쥐페리는 1943년에 프랑스로 돌아간 뒤, 1944년 마지막 정찰 비행 중에 실종되었다. 그리하여 2년 뒤 생텍쥐페리의 친구들이 미완성인 그의 원고를 정리해 〈성채〉를 출간했다.

생텍쥐페리는 마흔넷이라는 길지 않은 생애 동안 주목받는 여러 편의 작품을 써냈다. 그 대부분의 작품들은 바로 비행사로 활동하던 기간에 그의 비행 생활과 주변인들을 소재로 삼은 것이었다. 〈야간 비행〉은 남아메리카의 우편비행 사업에 참여했던 자신의 경험을 토대로 쓴 것이며, 여기에 등장하는 철두철

미한 항공 우편국 국장인 '리비에르'는 당시 자신의 국장이었던 '디디에 도라'를 모델로 한 것이었다. 〈인간의 대지〉 역시 생텍쥐페리가 체험한 사건들과 이로부터 얻은 삶의 진실을 자전적인 에세이 형식으로 쓴 책이다. 이 책은 1925~30년대 프랑스에서 나타난 '행동주의 문학'의 진수로 평가받으며 아카데미 프랑세즈 소설 부문 대상을 수상했다. 생텍쥐페리의 작품들은 인간의 본성과 함께 삶의 진실과 본질을 추구하는 내용이 주를 이룬다. 그로 인해 장 폴 사르트르는 특히 〈인간의 대지〉를 실존주의의 기원이라고 평가하기도 했다.

프랑스가 낳은 인류의 재산, 생텍쥐페리

생텍쥐페리는 프랑스의 마지막 귀족 세대이며, 공군 장교를 지낸 비행사였고, 훌륭한 작품의 작가였으며, 수많은 돈을 벌어들인 억만장자이기도 했다. 당시 생텍쥐페리는 말하자면 프랑스의 대중적인 스타였다. 그리고 그의 인기는 세월이 지나도 사그라들지 않아 유로화가 통용되기 전, 1993년에 발행된 50프랑 지폐에 그의 초상화와 어린 왕자 삽화가 새겨지기도 했다. 이로 인해 생텍쥐페리는 문인이라기보다는 '성공한 동화작가'로 여겨지거나, 그의 행적과 작품세계가 귀족 세대의 세상 물정 모르는 어리광 정도로 폄훼되는 경우도 있었다.

그러나 그러한 말들로 생텍쥐페리가 일구어 낸 문학적인 성취를 부정할 수는 없다. 그의 사후 100년이 지난 지금까지도 〈어린 왕자〉를 비롯한 그의 작품들이 우리에게 주는 울림은 상상을 초월하는 것이기 때문이다. 어린 시절의 순수함과 낭만을 가슴속 깊이 간직했던, 이로 인해 세상과 충돌하며 상처를 입었던, 그럼에도 비행과 소설로 자신의 뜻과 꿈을 펼쳤던 생텍쥐페리는 프랑스가 낳은 인류의 커다란 재산인 셈이다.

> 역자의 말

다시 찾은 '어린 왕자'

　생텍쥐페리가 프랑스어로 쓴 〈어린 왕자〉는 하나인데, 세상에는 수많은 〈어린 왕자〉가 나와 있습니다. 혹자는 그것이 영어로 쓰였는지 알고 있을 정도입니다. 한글로 쓰인 어린왕자도 헤아릴 수 없을 만큼 많습니다. 여러 이유가 있겠지만, 무엇보다, 사람마다, 시대에 따라, 다르게 보였기 때문일 것입니다.

　저 역시 세 번째 〈어린 왕자〉를 냅니다.

　본문 중엔 'éphémère'라는 말이 나옵니다. 처음에 제게 저것은 '덧없다'로 보였습니다. 아마 앞서 읽은 다른 번역서의 영향 때문이었을 것입니다. 두 번째는 '일시적'으로 지금은 '한시적'으로 읽혔습니다. 'consigne' 역시 마찬가지입니다. 처음에는 '지시'나 '명령'으로 보이던 것이, 이번에는 '수칙守則'으로 읽혔습니다. 왜 그랬을까? 그것은 이 책이 주는 가장 중요한 요소인 '아이'의 언어가 아닌 '어른'의 언어로 책을 읽었기 때문이 아닐까 생각해 봅니다.

'이 책을 친구인 어른에게 헌정한 것에 대해 어린이들의 용서를 구한다'는 작가의 말에 담긴 의도도 처음에는 잘 이해하지 못했습니다. 지금은, '충분히'라고 말할 수 있을지는 모르겠지만 이해하게 되었습니다.

다시 한 번 번역할 기회를 주신 '뜻밖'의 오랜 친구에게 이 책을 헌정합니다.

2022. 9. 19 이정서